光文社文庫

文庫書下ろし／長編歴史時代小説

岩鼠の城
定廻り同心 新九郎、時を超える

山本巧次

光　文　社

この作品は光文社文庫のために書下ろされました。

目次

主な登場人物

瀬《せ》波《なみ》新《しん》九郎《くろう》……………南町奉行所定廻り同心。

鶴岡《つるおか》式部《しきぶ》大丞《だいじょう》景安《かげやす》……播磨国青野城城主。

奈津《なつ》姫……………………鶴岡式部の娘。

湯上谷《ゆがみだに》左馬介《さまのすけ》…………鶴岡式部の家臣。

豊臣秀吉《とよとみひでよし》……………………太閤。

石田治部少輔三成……太閤秀吉配下の奉行。

増田右衛門尉長盛……太閤秀吉配下の奉行。

宇喜多秀家……………五十七万石の大大名。

田渕道謙………………太閤秀吉の側衆。

堀弥兵衛……田渕道謙の家臣。

大垣玄蕃……山城で二千石を領する太閤秀吉の近習。

上郡三郎兵衛……宇喜多秀家の家臣。

真山青楽……堺の商人。

尾野忠兵衛……姫路近くに三千石を領する武将。

良霍《りょうかく》……伏見・光運寺の住職。

平吾郎《へいごろう》……江戸の根津界隈が縄張りの岡っ引き。

瀬波新右衛門《しんえもん》……新九郎の父親。向島で隠居。

上谷畿兵衛《かみやきへえ》……上谷家の隠居。

上谷志津《しづ》……上谷畿兵衛の姪。

岩鼠《いわねずみ》の城
定廻り同心　新九郎、時を超える

序　三条河原

八月に入ったばかりで、秋風が吹くにはまだ遠く、その日も朝から暑かった。いつ果てるとも知れなかった戦乱の世がようやく落ち着き、焼け出されたり流れ矢に当たる心配が遠のいたこの京の都は、賑《にぎ》わいを取り戻していた。いや、太閤《たいこう》の御代《みよ》となって以来、その繁華《はんか》は昔日《せきじつ》の平安の世を超えているかもしれぬ。大路《おおじ》を行き交う商人も職人も公家《くげ》たちも、誰も彼もが明日の暮らしがさらに良くなることを思い描き、翳《かげ》りのない表情を浮かべていた。

だが、三条《さんじょう》河原のこの場所だけは、異様な気配が漂っていた。集まった人々は皆、目に憂いを湛《たた》え、明るく強い日差しにも拘《かか》わらず、揃《そろ》って沈鬱《ちんうつ》な顔付きをしている。目に見えぬ魔物が降り、覆《おお》いかぶさったかのようであった。

人々が囲んでいるのは、おおよそ二十間《けん》（一間＝約一・八メートル）四方の一角である。堀で四角く囲まれ、さらに鹿垣《ししがき》が巡《めぐ》らされていた。その一隅に、異様なものがある。土を十尺（一尺＝約三〇センチ）ほど盛った塚の上に、生首が一つ。つい先日まで権威の頂点に座し、諸侯《しょこう》を従えていた貴人のなれの果てであった。その前には、誰が持ち込んだか地蔵菩薩《じぞうぼさつ》像が一体、置かれている。浄土《じょうど》への引導仏《いんどうぶつ》ということだろうか。

「関白《かんぱく》様が、あのように……」

商人らしい初老の男が、嘆きの呟《つぶや》きを漏らした。隣にいた若い男が、肘《ひじ》で小突く。

「様を付けん方がええ。今は罪人や。聞かれて難癖《なんくせ》をつけられたらあかん」

ああ、と初老の男が呻《うめ》いた。一度黙ったが、目で塚の横を指す。

「それより哀れなんは、あちらや」

男の目の先には、槍《やり》を持った侍に囲まれて固まっている、およそ四十人ほどの女や子供たちがいた。幼子も数人見え、母と思われる女にひしと抱きしめられていた。着ているのは経帷子《きょうかたびら》。死装束《しにしょうぞく》である。幼子はいずれもこれから起きることを知ってか、怯《おび》えているのが見物の者たちにも伝わってきた。

堀の内には侍が何十人も詰めている。四人ほどが床几《しょうぎ》に座していた。検分《けんぶん》役だろう。それを見て、治部少輔《じぶのしょう》様じゃ、とか、大蔵大輔《おおくらのたいふ》様も、とかいう声が漏れた。

「始まるぞ」

誰かが言った。見物の衆の肩が、一斉に強張《こわば》った。

槍の侍が前に出て、幼子の一人の襟首を摑《つか》み、母親から無理矢理に引きはがした。

「ご嫡男《ちゃくなん》のようじゃな」

下級の公家らしい老人が言った。まだ五、六歳の子供だ。

「何とも……」

老人が何か言いかけた時、侍の槍が幼子の胸を貫いた。傍らにいた中年の女が、ひいっと悲鳴を上げて顔を覆った。母親らしい女が、刺し殺された我が子に縋《すが》るのが見えた。

その後は、まさに地獄だった。残る四人の子供たちが、次々に串刺しにされた。いずれも十歳に満たないであろう。見物の者たちが絶句する中、続いて女たちの処刑が始まった。一人ずつ順に引き出され、首を刎《は》ねられていく。

女の一人が、我が子らしい亡骸《なきがら》を抱きしめ、何か語りかけているのが見えた。聞こえはしなかったが、恐らくは「母も共に参ります」とでも告げたのであろう。

見物の者は、女ばかりでなく男も何人か、耐えられなくなって座り込んだ。子に語りかけた女も、すぐに刃の下に崩れ落ちた。見物の中から、「来るんやなかった」という後悔の声が聞こえる。刀を振るう侍たちは、何も感じていないかのように、ただ淡々と自らの役目を続けていた。

一人、老いた高僧だけが斬られようとする者の傍《そば》に寄り、念仏《ねんぶつ》を唱えてやっていた。それで心を安んじた者もいたようだ。大雲院《だいうんいん》の貞安上人《ていあんしょうにん》様じゃ、と誰かが言った。

だが、これだけではなかった。見物の衆は、さらにおぞましい光景を目にした。処刑された女子供は、寺に運ばれて丁重《ていちょう》に葬られるかと思いきや、傍に掘られた穴に無造作に放り込まれていった。生前はその座にふさわしい、見目麗《みめうるわ》しき者たちであったのに、まるで野良犬の死骸でも扱うような仕打ちである。誰もが、息を吞んだ。

「何ちゅうむごいことをするんや！」

いきなり甲高《かんだか》い声が飛んだ。誰もがびくっとして、声の方を向いた。処罰されることを、恐れていないのか。

叫んだ中年の男は、握りしめた拳をぶるぶると震わせていた。何も考えず、衝動で叫んだのだろう。ことによると、女房子供か親兄弟に、理不尽《りふじん》な死に見舞われた者がいたのかもしれない。戦国の世では、珍しい話ではない。

この叫びを引き金にして、見物の衆たちの堪忍《かんにん》も切れた。そこここで、この残《ざん》忍《にん》な処刑に抗する声が上がった。

「あんまりやないか！　仮にも人やぞ」

「こんな年端《としは》もいかん子供に、犬畜生の扱いか！」

「侍やったら何してもええちゅうんか」

「おのれら、人でなしや！　地獄に落ちるで」

湧き起こった声は、止まらなかった。検分役に付き従っていた侍たちや、処刑を差配《さはい》する奉行らしい者が、憤然《ふんぜん》として見物の衆たちを睨《にら》みつけた。中には抜刀しようとする侍もいた。だが、見物の側にそれを見て怯《ひる》む者はいない。口々に非難を浴びせかけ、声はさらに高まるばかりだった。さすがに奉行もたじろいだ。

立ち尽くす奉行を見かねたか、検分役の一人が動いた。その顔には、苛立《いらだ》ちのようなものが窺《うかが》えた。奉行を差し招き、何事かを告げる。見物の衆の視線が、そちらに集まった。

指図を受けた奉行は畏《かしこ》まり、見物の衆に背を向けると、処刑役の侍に手にした扇を振った。周りを気にせず、進めろと言われたようだ。処刑役は一礼し、あと数人になっていた女たちを順に引き出して、刀を振るっていった。

処刑が終わる頃、見物の抗議の声は罵詈雑言《ばりぞうごん》に変わっていた。侍たちの中には苦々しい顔で脅《おど》すように見物の衆をねめつける者もいたが、検分役たちは見物の衆への手出しを許さなかった。侍たちは千人余りの町衆《ちょうしゅう》に罵《ののし》られながら、黙って死骸《しがい》を放り込んだ穴に土を被《かぶ》せていった。

ああ、何というものを見てしまったのだ。

湯上谷左馬介《ゆがみださまのすけ》は、後悔の溜息《ためいき》を吐《つ》きながら刑場に背を向け、見物の人だかりから離れた。人々の罵声《ばせい》は、まだ止《や》む気配がない。

(後顧《こうこ》の憂いなきよう容赦なく、という理屈はわかるが、これはやり過ぎだ。世の人々からどのような目で見られるか、太閤はわかっていないのか)

いや、わかっていたとしても気にするまい。今、太閤に逆らえる者はこの日《ひ》の本《もと》には誰一人いない。しかし、だからと言って町衆の面前であそこまで……。

左馬介は、ぶるっと体を震わせた。太閤の心の闇が、見えた気がした。十七年前、青野《あおの》城の大広間で見たあの人たらしの羽柴筑前《はしばちくぜん》は、もういない。関白を経て

太閤となった秀吉《ひでよし》は、自ら一度は跡継ぎと定め、関白職に就《つ》けたはずの甥《おい》、秀次《ひでつぐ》
に対し、謀反《むほん》の疑いによる一族根絶《ねだ》やしという仕打ちをしてのけた。望んで久し
く得られなかった実子が生まれたことで、秀次が邪魔になったのだ、と噂する者
は多い。無論、表立っては誰も口にしないが。
それにしても、位人臣《くらいじんしん》を極《きわ》めると、人とはそれほどに残酷になれるものなの
だろうか。己《おの》が得たものを守り通すために、何もかもを切り捨てねばならぬなら、
人の上に立つことにどれほどの意味があるのだろうか。
左馬介は慨嘆《がいたん》しつつ、三条大橋を渡った。罵声はまだ、橋の上にまで響いてく
る。
（他人事《ひとごと》ではないのだ……）
左馬介は、足を速めた。今日見たことを、あのお方にどう告げよう。太閤の疑
心は、以前に比べ何事にもずっと深くなっていると聞く。このたびの関白の謀反
についても、連座して処断される者が幾人も出るだろう。証拠の有無は、恐らく
大して意味を持つまい。そもそも、関白に本当に謀反の意があったかどうかさえ、
疑わしいのだ。
左馬介は、主君たる青野城主、鶴岡式部大丞景安《つるおかしきぶだいじょうかげやす》のことを思った。太閤が総《そう》

見公《けんこう》（織田信長《おだのぶなが》）の命で播磨《はりま》を攻めた時、うまく立ち回って二万石《ごく》を安堵《あんど》され、今に至っている。しかし、ここに来て殿は先行きを見誤った。関白に近付き過ぎた。無論、謀反の相談に与《あずか》ったなどという話は全くないが、それを決めるのは太閤だ。今、殿は天井からぶら下がった白刃の真下に座っているのだ。

そして、あの方はどうなる。もし殿が処刑と決まれば、太閤のやり方からすると、関白と同じように一族根絶やし、となるやもしれぬ。いや、恐らくそうなるだろう。たった今目にしてきたむごたらしい出来事が、あの方の身に降りかかるのだ。そうなれば、自分は耐えられるか。

耐えられない、と左馬介は歯を食いしばった。何としても、それだけは避けねばならない。だが、そのために自分に何ができるだろう。豊臣《とよとみ》家から見ればごく下っ端の陪臣《ばいしん》に過ぎない自分に、何が。

左馬介は、身中《しんちゆう》の煩悶《はんもん》を抑え、懸命に考えを巡らせて京の町を彷徨《さまよ》い歩いた。

何とか、何とかしなければ……。

鼠色の城

一

「ふうん。こいつァ手で首を絞められたのに間違いねえな」

南町奉行所定廻《じょうまわ》り同心《どうしん》、瀬波新九郎《せなみしんくろう》は死骸の首筋を検《あらた》めて、はっきり言った。

「で、見つけたのがあんたかい」

新九郎は、後ろで畏《かしこ》まって座っている四十くらいの羽織姿の男に向かって、念を押すように問うた。男は、「はい」と頭を下げる。

「手前がこちらへ参りまして、表から声をかけたのですが返事がなく、居るはずなのに変だなと思ってそのまま戸を開けて入ってみましたところ、このようなことに」

半ば震えるような声で男は言った。

「そうかい。で、あんたは木島屋弥吉郎《きじまややきちろう》と言ったな。古着屋か。店はどこだい」

「本郷《ほんごう》四丁目でございます。本郷通りに店がございまして」

「ここは根津宮永町《ねづみやながちょう》だ。十五、六町《ちょう》（一町＝約一〇九メートル）はあるな。常磐津《ときわず》に通うにゃ、ちょいと遠いか」

「いえ、さほどのことは。五日か七日に一度くらいですし」

うむ、と新九郎は軽く頷《うなず》いて、座敷に横たわったままの死骸《しがい》の方を見た。

「確かに少しばかり遠くても、通う値打ちはあったかもな」

死んでいるのはこの家に住む常磐津の師匠、お涼《りょう》である。芸者上がりで年は二十七。首を絞められて苦しんだために死に顔は歪《ゆが》んでいるが、なかなかの美人だったことはわかる。目当てに通う小金持ちは幾人もいただろう。

「本当に、いったい誰がこのような……」

木島屋は俯《うつむ》き、呻くように言った。その様子を見て、新九郎は尋ねた。

「心当たりがありそうに見えるが」

えっ、と木島屋は顔を上げる。そのまま少し躊躇《ためら》っていたが、肚《はら》を決めたのか口を開いた。

「相当しつこく言い寄っていたお人が二人。師匠……お涼さんがこぼしていました。一人は上野町《うえのまち》の料理屋、松葉家《まつばや》さん。もう一人は、谷中町《やなかまち》のご隠居で俳諧《はいかい》などをやっている、勘左衛門《かんざえもん》さんです」

隠居と言っても五十前で、まだまだお盛んのようですと木島屋は付け足した。

「師匠を取り合ってたのか」

「まあ、そのような」

木島屋は言葉を濁したが、断じたも同然だった。

「わかった。後でまた詳しく話を聞く。ここに長居はしたくねえだろう」

恐れ入ります、と木島屋は深々と一礼し、お涼の亡骸に手を合わせてから、そっと立ち去った。新九郎は、ふう、と息を吐いて待っていた小者《こもの》を呼んだ。

「死骸《おろく》はもう運び出していいぞ」

小者が「へい」と応じ、三人がかりで死骸を持ち上げ、戸板に乗せて筵《むしろ》をかけた。そこへ帯に十手《じって》を差した三十過ぎの男が入ってきた。根津界隈《かいわい》の岡っ引き、平吾郎《へいごろう》だ。

「駄目ですねえ。隣は生憎《あいにく》留守で、争う物音を聞いたって奴ァ見つかりやせん」

仕方ねえな、と新九郎は思った。両隣の音が筒抜けの長屋と違い、ここは小さいとはいえ戸建てだ。塀《へい》もあるので、少し離れれば物音は聞き取りにくい。

「殺されてから半日は経《た》ってる。今は昼の四《よ》ツ半（午前十一時）頃だから、昨夜遅くだな。木戸が閉まる前だろう。その時分に誰かこの家に来たのに気付いた奴はいないか、当たれ」

「承知しやした」

すぐに出て行こうとする平吾郎を呼び止め、新九郎は木島屋から聞いたことを伝えた。平吾郎はなるほどと頷いた。

「その松葉家と勘左衛門ってのが昨夜どうしてたか、調べりゃいいんですね」

「そうだ。他の岡っ引き連中にも声かけて、急ぎでやれ」

「へい。明日までには」

請け合った平吾郎が出て行くと、新九郎も腰を上げた。恐らくは男女の仲のもつれ、嫉妬《しっと》から起きた殺しだろう。難しくはない一件のようだが、殺しのあった刻限に何かを見聞きした者が見つからないと、手間取るかもしれない。そんなことを考えながら、新九郎は小者の一人、久助《きゅうすけ》を連れて通りに出た。取り敢えず奉行所に戻って、何があったか報告しておかねばならない。

不忍池《しのばずのいけ》の畔《ほとり》に出て、池沿いの通りを南に歩く。池の土手では、何人かの子供たちが走り回って遊んでいた。晴れた空の下、池を眺めながら歩くのは気分がいいものだ。死骸を検分した帰りでなければ、だが。

　ふいに大きな水音がして、叫び声が上がった。はっと足を止め、そちらを見る。土手の上で子供たちがかたまって池の方を向き、友達の名前を必死に呼んでいた。

「久助！」

　何が起きたか察すると、新九郎は小者を大声で呼んだ。久助もすぐに解して、土手に駆け上がった。新九郎がその後に続く。

「どうしたんだ！　誰か落ちたのか」

　久助が問うと、子供たちは池を指差した。

「正《しょう》ちゃんが……正ちゃんが」

　指の先に目をやると、水しぶきが上がっていた。子供の頭が水から出たり潜ったりしている。

「旦那、子供が」

　久助が飛び込もうとするのを押さえ、新九郎は懐《ふところ》に手をやる。縄を出そうとしたのだが、そこにあったのは丸めた手拭いだけだった。舌打ちし、落ちていた長い木の枝を拾うと、土手から水辺に下り、溺れている子供の方へ枝を突き出した。

「摑《つか》まれ！」

子供が気付き、必死で水を掻《か》きながら手を伸ばそうとした。が、もう少しのところでとどかない。新九郎はさらに身を乗り出した。あとほんの二、三寸だが、その二、三寸が遠い。もう一歩、と踏み出しかけ、右足に力を入れた。

突然、足元が崩れた。水辺の石に足をかけたつもりが、石の下が泥だったようだ。右足が沈み込み、新九郎は前にのめった。まずい、と思ったが遅かった。次の刹那《せつな》、新九郎は頭から池に落ち込んでいた。

体全部が、水中に潜ってしまった。この池は、こんなに深かったろうか。子供の姿は見えない。水面がひどく遠い。おかしい、こんなはずは。そう思ったとき、ふっと周りが暗くなった。


体が重い。手足を動かしているつもりだが、動いてはいないようだ。水面はどこだ。俺は溺れたのか。まさか不忍池で、そんなことに……。

眩《まぶ》しい光が差した気がして、閉じていた目をうっすら開けてみた。光が目に痛い。何度も目を瞬《しばたた》いた。どうやら誰かに引き上げてもらったようだ。背中の下に硬い地面がある。やれやれ、と大きく息を吐いた。まったく、子供を助けようとしてずいぶんなドジを踏んじまったもんだ。

そこで気付き、慌《あわ》てて体を起こした。子供はどうなったんだ。無事に助かったのか。

「おう、気が付かれたか」

頭の後ろで声がしたので、振り返った。一人の坊さんが、新九郎を見下ろしていた。

「ああ、いや、これは……」

どうにも格好が悪いな、と頭を掻き、周りを見回した。そして、ぽかんとした。

風景が、ついさっきとはまるで違っていた。すぐ脇にある池は、不忍池の何十分の一ほどの大きさしかない。背後に建物が見えるが、形からすると寺の本堂のようだ。周囲が土塀《どべい》で囲まれているところを見ると、どこかの寺の境内らしい。なぜこんな場所にいるのか。

その場にいるのは、新九郎と坊さん一人だけだった。久助も、子供たちも見当たらない。溺れていた子も、どこかに消えていた。

「あ、あの、子供は」

坊さんに向かって尋ねた。他に聞く相手もいない。

「はて、子供とな」

坊さんは怪訝《けげん》な顔をした。

「子供など、どこにも居《お》らぬが」

しかし、と言いかけて口を閉じた。確かに子供などいた様子はないし、ここは不忍池ですらなさそうだ。では、いったいどこだ。

嫌な予感がする。新九郎は改めて坊さんをしげしげと見た。眉は白く、目尻の皺《しわ》が深い。年は五十をだいぶ越えていそうだ。僧衣はかなり上等で、袈裟《けさ》には金糸が織り込まれているようだった。

「あの、ここはどちらの寺で」

まずそれを聞いてみる。坊さんは、惑うような顔になった。

「伏見《ふしみ》の光運寺《こううんじ》じゃ。拙僧《せっそう》は住職の良霍《りょうかく》と申す」

伏見だと？　新九郎は唖然《あぜん》とした。伏見って、まさか京の伏見か。さっきまで江戸の池之端《いけのはた》に居たというのに、こいつは……。

新九郎の背筋がざわついた。ほんの半年ほど前に起きたことが、頭に甦《よみがえ》る。またなのか？　また、あれに巻き込まれたのか？

「ご貴殿は、どなたかな」

「せ……瀬波新九郎と申します」

「瀬波殿か。その、何というか、少しばかり変わった服装《なり》をしておられるが、どちらかのご家中かな」

変わった服装か。前にも同じ言われようをしたな。だが、何と答えようか。南町奉行所云々《うんぬん》は、言わない方が良さそうだ。

「その、仔細《しさい》あって今は牢人《ろうにん》の身で」

左様か、と良霍は頷《うなず》いた。

「何やら大きな水音が聞こえたので見に参ったところ、池にご貴殿が浮いているのに気付いて急ぎ引き上げたのだが、足でも踏み外されたか」

「はあ、その、まあそんなようなことで」

自分でも間抜けな物言いだと思ったが、どうにも説明のしようがなかった。幸い良霍和尚は首を傾《かし》げたものの、深くは聞いてこなかった。

「それにしても、当寺に何ぞご用でもおありだったのですかな」

新九郎は言葉に詰まった。無論、用などあるわけがない。なぜここにいるのか自体、見当がつかないのだ。

「いえ、お恥ずかしゅうございますが、何故《なにゆえ》ここに来たのかがよくわからず」

ほう、と良霍は眉を上げ、手を伸ばして新九郎の頭の後ろを撫《な》でた。何をするのかと思わず身を竦《すく》めたが、良霍は落ち着いた仕草で頭を探ってから、手を引っ込めて安堵したように微笑んだ。

「落ちた拍子に頭を打たれたかと思うたが、大丈夫のようじゃ。さすれば、何かの拍子に思い出すことじゃろうて」

池に落ちたはずみで記憶が飛んだ、と思ってくれたようだ。ならば有難《ありがた》い。新九郎はそこに乗じて、最も確かめたかったことを聞いた。

「情けないことながら、今日が何年の何日かも思い出せませず」

おお、さもあろうと良霍は頷いた。

「今日は文禄《ぶんろく》四年（一五九五）の葉月《はづき》の五日じゃ。思い出されたかな」

「ああ、葉月の五日。はい、思い出しました」

新九郎は顔色を変えないよう、必死で堪《こら》えた。文禄四年だと。確かに覚えのある年だ。いったい何年前で、何が起きた年だったか……。

いきなり、閃《ひらめ》いた。そうだ、江戸で読んだ古文書《こもんじょ》に出ていた。青野城主、鶴岡式部が改易《かいえき》された、あの年だ。改易の理由は、確か……。

「そ、そう言えばええと、関白様のことは大変な話でしたな」

口に出して、しまったと思った。殺生《せっしょう》関白と後に言われた豊臣秀次が謀反の疑いで切腹したのは、この年に違いないはずだが、葉月より前だったか後だったかも知らないのだ。しかも謀反は大罪。それに関わりがあるように受け取られては大変だ。新九郎は慄然《りつぜん》として良霍の顔色を窺《うかが》った。

どうやら、心配は無用だったらしい。良霍は憂い顔になり、深い溜息をついた。

「誠に、のう。三日前、三条河原で前《さきの》関白のお子と、妻妾《さいしょう》侍女ことごとくが首を刎《は》ねられたが、それを見た者が血の気の失《う》せた顔で言うておった。あのようなむごい仕打ち、とてもとても見るに堪《た》えぬ。太閤様ともあろうお方が、御身内に何と恐ろしいことをと」

良霍はそこで口を閉じた。余計なことを喋った、とでも思ったのだろうか。だが新九郎はほっとしていた。関白秀次の切腹は、既に済んでいたのだ。しかし、妻子らことごとくが処刑されたとは初めて聞いた。新九郎の頭では、戦国ならそこまですることもあるか、とも思えるのだが、良霍の顔色からすると、この時代の人々にとっても恐るべきことだったらしい。

「もしや、関白の一件に何か関わりでもおありか」

新九郎が黙っていたので、良霍が問うた。ぎくりとする。答え方に気を付けなければ。

「いえ、そのような。それがし、さしたる身ではございません」

関白に関わるほど大物ではない、という意味で言った。ただの牢人である以上、当然のことだ。市井《しせい》の一人として、単に天下を揺るがす大事件について口に上らせただけだ、と装ったつもりだった。

「左様《さよう》か」

良霍もそれ以上、突っ込んではこなかった。

「して、お住まいはどちらか。まさかそれまでお忘れということは」

はあそれが、と新九郎は頭を掻いた。言うまでもなく、この文禄の世に住まうところなどない。さて何としたものか。忘れたと言っても、いつまでも思い出せぬままではおけまい。

「それがその、実は播磨から出てきたばかりでして、まだ泊まるところも定めておらぬ次第で」

「ほう、播磨から」

良霍は眉を上げた。

「なるほど。当寺は前《さき》の住職が播磨の出で、黒田官兵衛《くろだかんべえ》様、今は如水《じょすい》様の御一族と交わりがあり、そのご縁で当地に寺を開きましたもの。もしやそれをご承知で、当寺をお訪ねであったのではございますまいか」

えっ、と新九郎は驚いた。半《なか》ば思い付きで言ったことなのだが、この寺が播磨に縁があったとは偶然にしても助かった。

「はっ、少し思い出してまいりました。左様、播磨にご縁のあるところを順にお訪ねしようとしておりましたところで」

ふむふむ、と良霍は頷く。

「仕官《しかん》の伝手《つて》などをお探しであったのかな」

「ああ、いえ、そうではなく」

新九郎は否定しながら考えた。自分が今一番知りたいことは、あの一族がどうなっているかだ。遠回しに聞こうとしても、即興では話の作り方が難しい。ならばいっそ、直截《ちょくせつ》に話してみるか。

「青野城主、鶴岡式部様をご存じでありましょうか」

鶴岡、と良霍は首を傾げた。

「無論、御名は存じておるが、お会いしたことはありませぬな。式部様に何か」

「はっ。播磨にて浅からぬご縁がありましたが、此度《こたび》の一件でもしや累《るい》の及ぶことなきやと案じまして、ご様子を窺いに参ろうと思うておりました」

思い切って、そこまで言ってみた。幸い、良霍は特に疑わなかった。

「左様でございましたか。確かに、ご心配はよくわかる。して、これから式部様をお訪ねか」

「とは思いましたが……」

まさかいきなり押し掛けるわけにもいくまい。躊躇《ためら》っていると、良霍は憂《うれ》い顔を見せた。

「ふむ、確かにこの按配《あんばい》では、直にお訪ねするのも難しかろう。お控えなさるのが賢明じゃ」

その言い方から察するに、鶴岡式部に今近付くのは、太閤の配下たちの要らぬ注意を引くのでよろしくない、ということらしい。やはり、鶴岡式部の立場はかなり良くないのだ。

「おっしゃる通りかと存じます」

新九郎が神妙に頭を下げると、良霍は「それが良い」と穏やかに言った。

「では、これからどうなさる」

「いや、それですが」

新九郎はまた考えた。ここを出て、どうしたものか。そもそも、何のためにここに来てしまったのかがわからないのだ。悩んでいると、良霍が察したように言った。

「これも何かのご縁じゃ。差し支えなくば、しばし当寺に逗留《とうりゅう》されては如何《いかが》か」

新九郎は、安堵の息を吐きそうになった。まさにそれを期待したのだが、住職の方から言い出してもらえるとは、幸いだ。

「構いませぬのですか」

「無論、さしたるもてなしはできかねるが、ここで落ち着かれるうちに良き思案も出てまいりましょう」

きっと仏のお導きがある、と良霍は請《う》け合《あ》うように言った。新九郎は繰り返し礼を述べ、仏の如くに良霍を拝んだ。

二

新九郎にあてがわれたのは、庫裡《くり》の一室であった。寺自体は質素な造りだが、板敷きでなく畳なのは有難い。日暮れ前になって出された食事は麦飯で、汁と干し大根が付いていた。まあ寺でもあることだし、魚などは当分口にできないだろう。粟《あわ》、稗《ひえ》などの雑穀《ざっこく》でないだけましだと思うことにする。

寺にいるのは、良霍の他に若い僧と小坊主が合わせて四人ほどだった。敷地も本堂もさほどは大きくないようだが、格式がどれほどなのかは新九郎には測りかねた。とはいえ、良霍の物腰からすれば、そう低いものではないと思える。貧乏な末寺でも由緒正しい大伽藍《だいがらん》でも、新九郎のように得体の知れない者が身を寄せるには不都合だ。このくらいが丁度いいところかもしれない。

（さてと……）

床に入った新九郎は、天井を見つめながら思案を巡らせた。

（この前、同じ目に遭った時は、確か天正六年〈一五七八〉だったな）

新九郎はその時のことを思い返した。江戸で下手人《げしゅにん》を追っているうちに地震に遭い、崖《がけ》から落ちたと思ったら二百年も前の世に来ていたのだ。その時の頭が割れるほどの驚きは、はっきり覚えている。場所は播磨の青野城。今は太閤となった秀吉が、織田家の侍大将《さむらいだいしょう》として一万を超える軍勢で城を囲んでいた。新九郎は奇妙な縁でその城に入り、城主鶴岡式部を始めとする様々な人に会い、城で起きた難事を解き明かした。幸い、その後すぐに江戸へ戻れたのだが、まさか再びこんなことになるとは。

（いったい、俺に何をさせたいんだ）

江戸に戻ってから新九郎は、遠縁の家に代々伝わっていた古文書《こもんじょ》を調べ、青野城での出来事が自身の先祖に深く関わっていたことを知った。自分はどうやら、先祖の危機を救うために時を遡《さかのぼ》ったのだ、と得心《とくしん》し、誰にもそのことは言わなかったのだが。

（もう一度起きたということは、やはりあのことのせいか）

関白秀次の謀反に連座し、鶴岡式部が改易になる。それは古文書にはっきり書かれていた。式部の運命《さだめ》は、新九郎の先祖と密接に絡み合っている。この改易に際し、先祖とその周りの人々が危機に陥《おちい》るということは、充分に考えられる。もしや自分に時を遡らせたいずれかの神だか何だかは、その危機を救え、と言うつもりなのだろうか。

それしかあるまいな、と新九郎は床の中で嘆息《たんそく》した。もしそうなら、先祖たちがその危機をどうにかして避けられるようにしなければ、自分は江戸に帰れないのだろう。まったく、何てこった。どうして俺なんだ。俺の一族は他に何人もいるというのに。第一、俺はあと二月ほどで祝言《しゅうげん》を挙げる身なんだぞ。そこで、はたと気付いた。許嫁《いいなずけ》の志津《しづ》は、新九郎の遠縁の一人になる。つまり、この文禄四年に危機を迎えている先祖は、志津の先祖でもあるのだ。

そういうことか、と新九郎は自分の頭を叩いた。どうやらこれをうまく片付けない限り、祝言を挙げさせては貰えないらしい。どこのどいつか知らねえが、まったく酷な神様だぜ。新九郎は一人で恨み言を呟いて、もう一度大きく嘆息した。

鳥の声で目覚めた。開き直ったおかげで、案外よく眠れたようだ。障子を開けると、朝の爽やかな光が境内に満ちていた。小坊主が庭の隅で掃き掃除をしている。このような風景は、江戸の寺と何も変わらない。

「お目覚めかな」

手水《ちょうず》を使っていると、良霍が現れた。改めて腰を折り、世話になる礼を述べる。良霍は、いやなに、と手を振って、座敷に座るよう新九郎に示した。

「一晩休まれて、さらに思い出されたことがありますかな」

「はい。やはり、鶴岡式部様のご様子を窺いに参りましたのに相違ございません」

左様ですかと良霍は頷く。

「式部様とは、どのようなご縁で。以前の御主君かな」

「いえ、それがしは元は毛利《もうり》の者で、命により式部様の城に参ったことがあり、そこで少なからぬご縁を得ました」

どう言うべきかと思ったが、一応、事実に近いことを述べた。特に差し障りはあるまい。良霍も、城で何があったかなど、深くは聞いてこなかった。

「では、どうなさいますかな。昨日も申した通り、直《じか》にお訪ねするのは難しかろう。何か手立てをお考えか」

「左様。式部様ご本人でなくとも、ご家来、或《あ》るいは縁者の方々にでもお会いできればと存じまするが」

実は新九郎にとっては、縁者の方が大事なのだ。良霍は、ふむ、と首を捻《ひね》る。

「鶴岡家のご縁者にも、当寺は関わりがないが……ただ、播磨に源のある寺のこと故《ゆえ》、かの国に領地を持つお方には、一人ならず知り合いがございます。その方々なら、鶴岡家の御一族ご家来衆をご存じでありましょうな」

よろしければ、ご紹介いたしましょうと良霍は言ってくれた。

「おお、それは有難い。よろしくお願い申し上げます」

これ幸いとばかりに新九郎は頭を下げた。それから気付いて問う。

「あの、黒田様の御一族と交わりがと昨日言われましたね。まさか黒田様では」

いやいや、と良霍は笑う。

「縁があったのは前の住職で、黒田如水《じょすい》様は今や雲の上のお方。拙僧《せっそう》などがなかなかお目にかかれるものではありませぬ。もそっと近いお方で」

やれやれと新九郎は肩の力を抜いた。筑前福岡《ちくぜんふくおか》五十二万石の始祖《しそ》と面談するなど、考えるだけで胃に悪い。

「姫路《ひめじ》近くに三千石を領しておられる、尾野忠兵衛《おのちゆうべえ》殿じゃ。文《ふみ》を書いて進ぜましょう」

「いろいろとお世話いただき、助かります」

新九郎が恐縮して礼を言うと、良霍は苦笑気味に顔を顰《しか》めた。

「しかしその、身なりは整えられた方が」

言われて新九郎は、ああ、とすぐ気付いた。髷《まげ》も着物も、この時代と合っていないのだ。それはこの前の時も青野城の面々に変な目で見られたため、身に沁《し》みている。着物は古着屋でも探して調達するとして……。

「髷は、その」

文禄の世ではまだ皆が茶筅髷《ちゃせんまげ》だ。自分で直せるだろうか。

「確かに変わった髷だが、ご貴殿の工夫かな」

良霍が言うのに曖昧《あいまい》な返事をすると、折角《せっかく》のご工夫だが構わないならうちの者に結い直させましょう、と言ってくれた。有難く申し出を受けることにする。後から元に戻せるかどうかは、取り敢えず考えないでおこう。

髷を整えるのは、二十歳《はたち》くらいの僧がやってくれた。坊主に髪結いの心得《こころえ》があるとはおかしなものだが、さすがに冗談でもそれを口にするのは控えた。

「髷といいお着物といい、ずいぶんと傾《かぶ》いておられますな」

僧はそんな言い方をした。傾奇者《かぶきもの》扱いをされたようだ。世の中も落ち着きつつある中、奇抜な装いで目立とうとする者が出始めているらしい。江戸にも朱鞘《しゅざや》を誇示《こじ》する良からぬ侍などが居たりするが、新九郎自身は至って真面目なので心外ではあった。だが、この時代には似合わぬ風体《ふうてい》でも深く詮索《せんさく》されない理由になるなら、それはそれで助かる。

半刻《はんとき》（約一時間）ほどかけて、茶筅髷が出来上がった。手鏡で見ると、そう悪くない。後は着物だ。良霍が心配するように、着流しに黒羽織で町を歩くのは目立ち過ぎる。

「どこかで古着の小袖など、見繕《みつくろ》ってまいりましょう」

良霍から言い含められているらしく、若い僧は新九郎を待たせて出て行った。

一刻《いっとき》(約二時間)ほどで戻った時、手には大きな包みを抱えていた。

「素襖《すおう》と小袖を手に入れてまいりました。お試しくださいまし」

広げられた着物は少々色褪《あ》せていたが、破れ目などもなく質も悪くないようだった。言われるままに袖を通してみると、概《おおむ》ね寸法も合っている。前の青野城の時は上士《じょうし》の家に泊めてもらったので、その家の着物を借りたのだが、この頃の京や伏見の町では、ちゃんとした古着屋が商売として成り立っているらしい。

「おお、これなら良い。男ぶりが上がりましたな」

良霍が入って来て、身なりを変えた新九郎を見ると満足そうに微笑んだ。

「何から何まで、すっかりお世話をおかけいたしまして」

丁重に言ったが、さて困った。古着の代金はどうしよう。財布は失《な》くしていないが、江戸の銭など使えまい。

「お代のことは、気にせずとも良い。古着屋は檀家でしてな。借りた格好にしてある」

ますます助かった。仏に仕えるお方の功徳《くどく》とはいえ、ここまでされると恐縮してしまう。

「尾野忠兵衛殿には知らせておいた。会《お》うて下さるそうじゃ。明日にでもお訪ねなさればよろしかろう」

尾野の屋敷までは十二、三町《ちょう》（約一・三〜一・四キロ）ほどだそうだ。下働きの者に案内させるとのことで、新九郎はまた安堵した。この地には全く不案内なのだ。重ね重ねありがとうございますと平伏《へいふく》すると、良霍が思案気な顔で尋ねた。

「失礼ながら、金子《きんす》はお持ちですかな」

うっと新九郎は返事に詰まった。今しがた代金を気にした表情を読まれたか。急いで金がない理由を探す。

「実はその……伏見に着いてすぐ、油断した隙《すき》に盗まれまして」

八丁堀《はっちょうぼり》同心としては大変に格好の悪い言い訳だが、仕方ない。

良霍は、やはりと微笑んだ。

「それで頼れるところをお探しであったのですな」

「お恥ずかしい次第です」

新九郎がうなだれると、良霍は先ほどの僧に命じて何やら包みを持って来させ、新九郎に差し出した。

「些少《さしょう》ではありますが、用立てておきましょう。遠慮なくお使いなさい」

金まで貸してくれるというのか。これは何と情け深いご住職かと、新九郎はすっかり恐縮《きょうしゅく》する。

「申し訳ございませぬ。きっとお返し申します故」

良霍は、お気になさらずと手を振った。本当に有難いお寺に飛び込んだものだ。

新九郎は運の良さを噛《か》みしめつつ、さて明日はどういう風に話を持って行こうかと思案した。


次の日も幸い、良い天気だった。新九郎は下働きの男に先導され、朝のうちに光運寺を出た。寺は伏見の町の東南の外れにあり、二人は小高い山裾を縫う道を通って西の方に向かった。

歩き出すと間もなく、左手に大きな城が見えてきた。石垣を積み堀を巡らしたその奥に、五層の天守閣が聳《そび》えている。

「あれが指月《しげつ》の丘《おか》でございまして、太閤殿下が御城を築かれましてございます」

下働きが城を手で示して言った。城の向こう側には川が流れているようだ。そちらに目をやると、下働きは宇治川《うじがわ》という川だと教えてくれた。その宇治川が城の背後を守る堀の役目を果たすのだろう。

城に近付くと、建物の屋根がはっきり見えた。新九郎は、度肝《どぎも》を抜かれた。屋根瓦が、日の光を浴びて金色にきらきらと輝いている。どうやら、瓦に金箔《きんぱく》を張っているらしい。

（なんて贅沢《ぜいたく》な城だ）

さすがは太閤が住まう城、と言うべきなのだろうが、新九郎はどちらかと言うと呆れていた。これほどけばけばしさを見せびらかすような趣味は、新九郎の感覚では卑俗《ひぞく》に過ぎる。

（所詮は成り上がり者、ということか）

内なる声が漏れたらお縄になりかねないが、新九郎は口元で冷笑するにとどめた。

城はまだ普請《ふしん》が終わっていないようだ。川から掘り込まれた舟溜まりに何艘《そう》もの舟が着き、石や材木を荷揚げしていた。びっくりするほどの数の人足が、そうした材を次々に城に運び込んでいる。

「これは、大した人数だ」

新九郎が感心すると、下働きが「左様にございます」と頷いた。

「あらゆる御大名家から人手を出していると聞きます」

さもありなんと新九郎も思った。太閤への忠誠を示そうと、大名たちは先を争って城普請に励んでいるに違いない。

城の前を過ぎると、その先には大名屋敷が塀を連ねていた。通りを行き交う人々も侍が多く、町家《まちや》はこのさらに向こうにあるようだ。新九郎の頭では、伏見と言えば酒どころだが、造り酒屋などはこの辺りにはまだ一軒も見えなかった。

街道に出ると、北に道を取った。下働きは大名屋敷の門を指して、あちらが小《こ》早川中納言《ばやかわちゅうなごん》様、こちらが生駒雅楽頭《いこまうたのかみ》様などといちいち教えてくれるが、あまり興味をそそられない新九郎は、適当に頷くばかりであった。

街道から脇に逸《そ》れ、大名家より小ぶりな屋敷が並ぶ一角に入った。万石《まんごく》以下の旗本衆《はたもとしゅう》の屋敷だろう、と推察していると、下働きが急に立ち止まり、一礼して手で傍らの門を示した。

「こちらでございます」

見ると、道筋に並ぶ他の屋敷とほぼ変わらない、目立たぬ構えだ。新九郎は、ご苦労だったと鷹揚《おうよう》に下働きを労《ねぎら》った。

終わるまでお待ちいたしますと言う下働きを、それには及ばぬと帰らせた。ここまでの道筋は特に難しくなく、帰りに難儀《なんぎ》することはあるまい。それに、真っ直ぐ帰るとは限らない。知りたいことは幾らでもあった。下働きにずっと見張られるような格好になるのは、避けたかったのだ。

門番はいなかったので、新九郎は邸内に進み、玄関に立って奥に呼ばわった。二十歳前と見える若侍がさっと出て来て、新九郎が名を告げるとすぐに取り次いでくれた。江戸の旗本屋敷などより余程《よほど》きびきびしているのは、やはりまだ半分戦国の世であるため、心構えからして違うのだろう。

若侍は間を置かずに戻って来て、新九郎を奥に案内してくれた。前に青野城で過ごしたおかげで、この時代の作法はある程度心得ている。座敷に通った新九郎は、胡坐《あぐら》をかいて座った。戦場の城で全て板敷きであった青野城と違い、この屋敷の部屋は光運寺と同様、全て畳敷きである。おかげで足が痛むことはない。

尾野忠兵衛は、さほど待たせることもなく現れた。

「よう来られた。瀬波新九郎殿でしたな。良霍殿から聞いておる」

尾野は、頭を下げる新九郎に愛想《あいそ》よく声をかけ、すぐ目の前にどすんと腰を下ろした。年の頃は四十前後、戦場を長く駆け回ってきたせいか、赤銅《しゃくどう》色になった顔に深い皺《しわ》が見える。蓄えた髭《ひげ》には白いものがちらほら見えた。

「播磨から出て来られたのか」

「はっ。と申しましても、元は毛利家の者で備中《びっちゅう》に。一時《いっとき》播磨の鶴岡式部様のご領内に居りましてから、ここしばらくは特に腰を定めず」

尾野の領地は播磨にあるので、かの地についてあまり話はできない。新九郎は播磨については青野城のことしか知らないのだから、すぐに馬脚《ばきゃく》を露《あら》わしてしまう。なので、でき得る限り曖昧《あいまい》に誤魔化すよう努めた。

「左様か。我が領地は小寺《こでら》殿や黒田殿のもともとの御領《ごりょう》に近くての。近頃はなかなかお目にかかる機会もないが、播磨の御一族は息災《そくさい》であろうか」

そういう話が一番困るんだよな、と新九郎は渋面《じゅうめん》になりかけたが、「それがしもなかなかご様子はわかりませぬが、特段の変事《へんじ》はないと聞き及びます」などと無難に応じておいた。

「さて本日、御迷惑も顧《かえり》みずこのようにお伺いいたしましたのは……」

尾野がまた要らぬ世間話をせぬうちに、新九郎は本題に入った。礼を失しているかもしれないが、仕方ない。

「うむ。鶴岡式部殿のことであったな」

尾野は特に不快な様子も見せず、真顔になった。

「何しろ事が事ゆえ、あまり公言はできぬが、良霍殿の紹介であるからな」

前置きしてから、尾野は心なしか声を低めた。

「式部殿については、未だ詮議中と聞いておる」

「詮議中でございまするか。では、嫌疑が確かになったわけではない、と」

「理屈はそうだが」

尾野は難しい顔になった。

「詮議が続いておる、というのがいささかきな臭い。ご貴殿も、去る二日に三条河原であったことをご承知であろう」

「はい、無論」

恐るべきこと、とうっかり言いそうになった。が、尾野の顔色からすると、同様に思っているらしい。

「関白のご眷属《けんぞく》ことごとくが刑に処されたわけだが、側室《そくしつ》のご実家にも累が及んでおる。それは太閤殿下のご一族であろうとも同様で、先頃は浅野《あさの》左京大夫《さきょうのだいぶ》様も能登《のと》へ流された」

関白秀次自身が太閤の一族なのだから、これは豊臣家の骨肉の争いである。規模こそ違え、江戸の大店《おおだな》でも似たような例は幾つかある。まったく嫌な話だ、と新九郎は眉をひそめた。

「つまりじゃ、ご側室などの縁者が問答無用で処断されておるのに、式部殿の詮議には時がかけられておる。これは良い流れとは言えまい」

ああ、そういうことか。新九郎にも尾野の言いたいことが見えてきた。

「詮議が深いということは、本当に謀反の企みがあって式部殿が枢要《すうよう》なところまで加担していたのでは、と疑われているかもしれぬと」

「その通りじゃ」

尾野は憂い顔で頷いた。

「今のところ、屋敷に閉じ込めとした上で連日、詮議が為《な》されておるとか」

「詮議に当たられているのは、どなたでしょう」

「石田治部少輔殿と増田右衛門尉《ましたうえもんのじょう》殿じゃ。太閤殿下直々の命であるとか」

新九郎は絶句しそうになった。増田なんたらはよく知らないが、石田治部少輔だと？　関ケ原《せきがはら》で西軍の采配《さいはい》を揮《ふる》った、あの石田三成《みつなり》か？　こいつはとんでもない大物が出て来やがった。

「詮議は式部殿の御一族にも及ぶようじゃ」

そのひと言に、はっとした。新九郎が最も聞きたかったことに、尾野の方から糸口をつけてくれた。

「式部殿には、ご嫡男《ちゃくなん》と姫がおわしましたな」

「いかにも。嫡男孫三郎《まごさぶろう》殿は先頃家督《かとく》を譲られ、兵衛尉《ひょうえのじょう》に任官されておるが、式部殿ご処断と相成《あいな》れば、同罪とされるやもしれぬ。そこは気がかりじゃな」

「姫の方は、どちらかに嫁《か》されたと存じまするが」

江戸で見た古文書に拠《よ》れば、確か豊臣家の家臣か何かに嫁いでいたはずだが。

「奈津《なつ》殿じゃな。うむ、木下重左衛門《きのしたしげざえもん》殿に嫁いでおられた。遠縁じゃが太閤殿下の御一族に連なるお人で、一万石であったかな」

嫁いでいる、ではなく嫁いでおられた、か。では今はどうなっているのだ。そこを質《ただ》すと、尾野は気の毒そうな顔をした。

「つい先日、離縁された。それは止むを得まい。関白の謀反に関わったやもしれぬ式部殿の姫を、嫁にしておくわけにはいかぬからな」

世知辛《せちがら》い話だ。しかし連座の危険を避けて家を守るにはそうするしかない、とは新九郎にもよくわかった。

「では、奈津姫は今、どちらに」

「うむ。確かこの伏見の、さる寺に身を寄せておられるはずじゃが……後で聞いておこう」

お願いいたします、と新九郎は頭を下げた。

「それで、瀬波殿にはどうされる。式部殿に会われるのは、まずもって難しいが」

尾野に言われて、新九郎は返答に窮《きゅう》した。さて、俺はどうしたいんだ。と言うより、俺は何をどうすべきなんだろうか。

「あの、奈津姫様にはお会いできませんか」

思い切って言ってみた。何と、と尾野は眉を吊り上げる。だが、しばし考える風にしてから、尾野は首を傾げつつも言った。

「うーむ、奈津殿であれば今のところ直に詮議が及ぶには至っておらぬ。会えぬこともないであろう」

しかし、と尾野は続けた。

「何故にそうまでして、奈津殿に会いたいと思われるのか。奈津殿は十何年も前に嫁いで、此度《こたび》の関白との絡みも、今の鶴岡家のことについても、ほとんど知らぬはずじゃが」

「いいえ、式部様に会えぬとなれば、他に当てもございませんので」

尾野はまだあまり得心《とくしん》していないようだが、「まあ、そういうことなら」と言ってくれた。奈津姫の居場所については、後で光運寺の方に知らせてくれるという。新九郎は厚く礼を述べた。

新九郎は心配半分、安堵半分で尾野の屋敷を辞した。鶴岡式部が危機に陥っていることは大いに気がかりだ。だが、奈津姫に会えそうだとわかって、気を逸らしてもいた。すぐにも会いたい。会えば自分がこれからどうすべきか、見えてくるかもしれない。

さすがに、奈津姫に会いたい唯一最大の理由が、初めて本気で惚れた相手だから、とは口が裂けても言えなかった。

三

思ったより早く、翌朝には尾野からの知らせが来た。奈津姫が居るのは、慈正寺《じしょうじ》という尼寺だという。剃髪《ていはつ》して出家したのか、とぎくりとしたが、そうではなく、単に一時預かりのような形だそうだ。

一刻ばかりどう訪ねようかと考えたが、余計な思案はやめることにした。知らぬ仲ではないだけでなく、奈津姫は新九郎が二百年先に生きる者だと既に承知している。突然また現れたら大層驚くだろうが、構うまい。奈津姫がどんな顔をするか見てみたい、という茶目っ気もあった。

また下働きに案内させようと良霍が言ってくれたが、それは断った。奈津姫とは、誰にも見られぬ場で再会したかった。幸い伏見は江戸に比べれば猫の額《ひたい》のようなもので、道筋はそれほどややこしくはない。昨日同様に服装を整えた新九郎は、脇差《わきざし》だけを差して光運寺を出た。

慈正寺は光運寺から見ると城の反対側、町並みの北の外れで、木幡山《こはたやま》を背にするところにあった。門構えは質素で、境内も光運寺よりひと回りは小さそうだ。よく繁った木々に囲まれ、喧騒《けんそう》のない落ち着いた場所であった。

門前で竹箒《たけぼうき》を使っていた若い尼僧《にそう》に、奈津姫にお会いしたいと告げた。尼は怪訝な顔をした。奈津姫を訪ねる者は多くはないはずで、新顔の新九郎が何者かと訝《いぶか》っているようだ。

「旧知の者です。瀬波新九郎が来た、とお知らせいただければ」

怪しい者ではないと笑みを浮かべると、若い尼は幾らか安心したらしく、お待ちをと言って本堂の方へ行った。新九郎はそのまま門に立って、待った。微《かす》かに城普請のざわめきが届く他は、鳥のさえずりが聞こえるのみ。青野城とは違い、静かなものだ。奈津姫もここなら、安らぎを得ているのではないか。そう思ったが、いや、そうはいくまいと思い直した。謀反騒動の渦中なのだ。父や我が身に何が起きるか、心細く思っているのではないか。俺が来たことで、どんな力になれるか……。

四十手前くらいの尼僧が近付いて来て、一礼した。

「お待たせをいたしました。ここの庵主《あんじゅ》をいたしております、妙善《みょうぜん》と申します」

新九郎は畏《かしこ》まり、改めて名乗った。

「奈津様は、確かにこちらに居られます。あなた様の御名を聞き、大変驚いておられました。ずいぶん長くお会いになっていないようですね」

「はい、すっかりご無沙汰いたしまして」

ご無沙汰どころではないわな、と新九郎は内心で苦笑する。あれから十七年も経っているのだ。大変驚いた、というのはだいぶ控え目な言い方だろう。

妙善尼は、新九郎を本堂の裏手に案内した。そこに庵《いおり》があった。大きさは茶室二つ分くらいだろうか。太閤の城と違い、わびさびを解した飾りのない建て方である。まだ残暑の季節であり、障子は開け放たれていた。

開いた障子の脇に、奈津が居た。その姿を目にして、新九郎は足を止めた。妙善尼が、察したようにその場から退出した。

奈津の目が、大きく見開かれた。

「新九郎……」

それだけ口にして、後は絶句し、ただ新九郎を見つめている。新九郎は一礼して一歩進み、奈津姫のすぐ前に立った。

「ご無沙汰をいたしました」

「ご無沙汰ではなかろう！」

奈津姫が叫んだ。以前のままの、張りのある声だ。

「何故じゃ……あちらへ帰ったのではなかったのか」

「ええ、確かに帰りましたが、どうしたはずみかまた来てしまいました。忘れられていなくて、良かった」

できるだけ軽い調子で言って、笑って見せた。

「忘れたりなどするものか！」

奈津が、怒鳴るように言った。

「そんなところに突っ立っていないで、こちらへ上がれ。早《はよ》う」

奈津は手をばたばた振って、座敷の内に下がった。新九郎は安堵した。変わっていない。やはり奈津姫だ。

二人は向き合って座った。新九郎は、ちょっとどぎまぎした。さて何と言おう。つい奈津の顔を覗《のぞ》き込んでしまう。奈津の方も、新九郎の顔をじっと見ていた。目が合ってしまい、新九郎はさらに落ち着かなくなる。

「あの……」

言いかけた時、奈津姫がふっと目を細めた。

「そなたは、若いままじゃの」

えっ、と思わず言葉を呑む。そうだ、自分の方は青野城から戻って半年ばかりしか経っていないのだ。あの時と、ほとんど変わってはいない。

「奈津は、すっかり年を取ってしまった」

冗談めかしているようだが、奈津姫の浮かべた笑みは少し寂しげだった。新九郎は、はっとした。以前と変わらぬ新九郎の姿を見て、自分が老けてしまったことを嘆いているのか。

いや、と新九郎は奈津の顔を見てかぶりを振った。奈津は三十四か五になっているはずだ。言ってしまえば大年増《おおどしま》だが、決して老けてなどいない。寧《むし》ろ娘時代の尖ったところが幾らか丸くなり、女らしさが感じられる。京の都で暮らし、円熟味が出たと言っていいだろう。渋皮の剝《む》けた女、という言葉が頭に浮かび、慌てて打ち消す。

「年を取った、などと」

新九郎は笑ってかぶりを振った。

「寧ろ、前よりさらに美しくおなりと存じます」

これは世辞《せじ》ではなかったのだが、奈津姫は吹き出した。

「何を言うかと思えば」

馬鹿馬鹿しいという風に笑い飛ばしながらも、ほんのり赤くなっているのが愛らしい、と新九郎は久々のときめきを覚えた。が、そこで奈津は急に真顔になった。

「そなたがまた来た、ということは、この身に変事があるのじゃな」

やはり奈津姫自身もそう思うのか。新九郎も居住まいを正し、頷いた。

「こう申しては何ですが、既に変事の渦中に居られるのでは」

「ああ、やはりそのことか」

奈津の目が、鋭くなった。籠城《ろうじょう》戦に臨んでいたあの時と変わらぬ気概を、また見せるかのようだ。

「お父上は、関白の謀反への関わりについて詮議中と聞き及びますが」

「いかにも、左様じゃ」

奈津の表情が曇る。

「父上は、関白に近付き過ぎたやもしれぬ。お拾《ひろ》い様がお生まれになって、風向きが変わるのを読んだようじゃが、少し遅かった」

お拾い様とは、確か秀吉の実子、秀頼《ひでより》のことだ。その後、大坂《おおさか》夏の陣に至る運命については新九郎も知っているが、無論ここで話すことではない。

「父上は昔から、要らぬ小細工を弄《ろう》する悪い癖がある。青野城の戦《いくさ》の折にはうまく立ち回れたが、一つ読みを誤ると危ういことになる。奈津も苦言を申したことがあったのじゃが、これはもう性分《しょうぶん》と言うしかない」

奈津は嘆息《たんそく》するように言った。

「此度も、何かなさいましたか」

「関白との繋《つな》がりを遡って薄めようといろいろ動いたようじゃが、却《かえ》って疑いを深めたかもしれぬ」

藪蛇《やぶへび》ってやつか。相手が石田三成となれば、そうたやすくはいかなかったろう。

「奈津様も離縁されたとのこと、誠においたわしゅうございます」

新九郎は改めて畳に手をつき、見舞いを述べた。だが、奈津はふふっと笑った。

「それはどうということはない。特に望んだ夫というわけでもなし、小心者《しようしんもの》で毒にも薬にもならなんだ。太閤の遠縁ということを鼻にかけるところもあったしな。それ以外にとりえはないというに」

「これはまた、辛辣《しんらつ》でございますな」

新九郎は苦笑するしかなかった。この様子からすると、太閤かその周りの者の手配りで縁組みしただけで、夫婦の情というものはあまりなかったようだ。

「ただ、二人の子供とは離されてしもうた。それだけは無念じゃ」

快活に話していた奈津の目元が、一瞬暗くなった。ああ、やはり跡継ぎとなる子は夫の家に留め置かれたか。一万石の家ならば、止むを得まい。

何か慰めを述べようと思ったとき、ふいに奈津姫が顔を上げて新九郎を真っ直ぐ見つめた。

「そのことはもうよい。実は、容易ならぬことが起きているのじゃ。今考えれば、そなたが来てくれたのもこのことのためではないかと思える」

新九郎はすぐに奈津姫の離縁のことを頭から追い出した。

「何があったのです」

「人殺しじゃ」

は？　新九郎は首を傾げた。天下はほとんど平穏になったとはいえ、戦国の世はまだ続いている。人殺し一つが、奈津姫や鶴岡式部の運命を左右するほどの大事になるのだろうか。

「ただの殺しではない。殺されたのは太閤殿下の御側衆《おそばしゅう》の一人で、田渕道謙《たぶちどうけん》と申す者じゃ」

「太閤の御側衆ですか。それは確かに大ごとではございますが」

それが奈津姫たちとどんな関係が、と聞こうとすると、奈津姫は眉間《みけん》に皺を寄せ、幾分声を落として言った。

「道謙殿は、父上が関白の謀反に関わっておると石田治部らに告げた者の一人じゃ」

「お父上が讒言《ざんげん》された、と言われますか」

そこで新九郎は、念を押すように聞いた。

「お父上は、謀反に関わってはいないのでしょうな」

「それどころか、謀反そのものが疑わしいと奈津は思うておる」

ほう。さすが奈津姫、世の流れをちゃんと見ている。

「ふむ。それで、道謙殿とやらが殺されたことで、お父上のお立場はますます悪くなるとお考えですか」

「それだけではない」

奈津の肩に、力が入った。

「道謙殿を殺した疑いで捕らえられたのは、湯上谷左馬介なのじゃ」

新九郎は、唖然として奈津姫を見返した。あの左馬介が下手人として捕まった、だと。しかし江戸に残る古文書によれば、左馬介は……。

そこまで考えて、ようやく新九郎は理解した。これだったのか。自分がこの時代にまた飛ばされてやるべきことというのは、左馬介を救うことなのだ。

「どうした、新九郎。あまりのことに驚いたか」

絶句していた新九郎に、奈津姫が声をかけた。新九郎は慌てて咳払いする。

「なるほど、それは確かに容易なことではありませんな」

「そなたは、青野城で起きた殺しを見事に解き明かしたではないか」

「はあ、確かに」

新九郎は頭を掻いた。

「奈津様にもお手伝いいただきましたし、運もありましたからな」

「新九郎はそういうことを生業《なりわい》としているのであろう。ならば、何とかできるのではないか」

「左馬介殿の疑いを晴らす、ということですか」

「そうじゃ。奈津にできることがあるなら、此度も何なりと手伝う」

ふうむ、と新九郎は唸った。確かに殺しの調べは自分の本業だ。急に江戸の常磐津師匠殺しが気になってきた。しかしあれは自分が戻るまで、措《お》いておくしかない。

「道謙殿は、どこで殺されたのです」

「自分の屋敷の内で、と聞いておる」

「左馬介殿が、屋敷に押し入ったというのですか」

「さあ、その辺りまではよくわからぬ」

新九郎は困惑した。調べろと言われても、青野城の時のように目の前に死骸が転がっているわけではない。殺しの場がどんな様子であったか、誰に聞けばいいのだ。

「どなたがお調べになっているのです」

この時代に江戸と同じような奉行所があるのかどうかも知らなかった。役人がどれほど居てどのくらいの腕前なのか、調べのやり方はどうなのか、皆目《かいもく》見当がつかない。

「石田治部が、直々に調べおると聞くが」

おいおい、三成が直に動いているのか。とすると、やはり鶴岡式部の詮議の一環として捉えているのだろう。しかしまさか三成の屋敷に行って、ちょっと殺しの調べをさせてほしいんですがなどと言えたものではあるまい。

「治部少輔様が、ですか。それはどうしたものか」

腕組みして考え込むと、奈津が言った。

「会《お》うてみればよい」

何だって？

「会え、と言われますか。いったいどうやって」

「明日、ここへ参る」

「えっ、ここへ？」

いったい何しに来るんだ。驚いて声を上げかけたが、それほど異常なことではないと思い直した。三成が鶴岡式部の詮議をし、加えてそこに関わるであろう道謙殺しの調べの采配も揮っているとなると、奈津姫のところへ取り調べに来てもおかしくはない。まさかいきなり奈津姫をしょっぴいたりはしないと思うが……。

「それがしが同席しても差し支えはございませんので」

「構わぬ。治部には奈津が言う。治部は確かについ先日、佐和山《さわやま》十九万石を賜ったが、奉行の一人に過ぎぬ。何も臆することはない」

奈津姫は、きっぱり言ってのけた。そうか、と新九郎は思う。俺は関ヶ原《せきがはら》を知っているから、妙に構えてしまうのだ。ここでの奉行というのがどういう位置づけかよく知らないが、江戸で言うなら若年寄《わかどしより》くらいだろうか。それでも高位には違いないが、自分が最初から萎縮《いしゅく》してどうする。

わかりました、と新九郎は奈津姫に頷いた。頼むと笑った奈津姫の顔が、眩《まぶ》しく見えた。

ひとまず光運寺に帰り、次の朝改めて慈正寺に出向いた。二日続けて奈津姫のもとに行くのを良霍は訝《いぶか》しんだようだが、特に何も言わなかった。

慈正寺の妙善尼は、もっと親身であった。

「お運びありがとうございます。どうぞ奈津様のお力になって差し上げて下さいまし」

新九郎を迎えた妙善尼は、奈津姫を心から案じているようであった。もしかすると、三成のことを嫌っているのかもしれない、と新九郎は思い、自分にできるだけのことはすると請け合って、妙善尼を安心させた。

「おお、よう来てくれた」

奈津姫は安堵した様子で新九郎を庵に招じ入れた。聞けば三成らは、思ったより早く来るという。

「昼前には着くようじゃ。間に合うて良かった」

それでは奈津姫と細かい打合せをする暇がないな、と新九郎は眉を下げた。出たとこ勝負となりそうだ。まあ、それならそれでいい。

奈津姫が案じた通り、三成らの一行はそれから半刻ほどのうちに現れた。蹄《ひづめ》の音がして、十人以上がどやどやと境内に入る足音とざわめきが聞こえた。新九郎が最初に出会ったあの若い尼僧が、庵に来て告げる。

「石田治部少輔様、増田右衛門尉様、お越しにございます」

相わかった、通されるよう、と奈津が返事をする。増田右衛門尉長盛《ながもり》というのは、良霍に聞いたところやはり奉行の一人で、関白秀次の一件の取り調べにも当たっているらしい。大和郡山《やまとこおりやま》に二十万石を領するというから、それなりの大物だ。

隣室に控えておこうかと新九郎は尋ねたが、奈津姫は構わぬから一緒にいろと答えた。そう言われては従うしかない。新九郎は、奈津姫の重臣《じゅうしん》であるかのような顔で座り、三成たちを待った。

本堂の方から、妙善尼が身なりの立派な二人の侍を案内してきた。一方は鼻の下に髭を生やした三十五、六と見えるやや細身の男。もう一人は髭がなく中肉の、五十年配の男。どちらが三成かわからないので、新九郎は奈津姫と共にただ平伏して迎えた。二人の侍が上座につくと、妙善尼は静かに去った。目の端に、その心配げな顔がちらりと映った。

「石田治部少輔にござる」

若い方が名乗った。やはりこちらが三成か。

「増田右衛門尉でござる。面《おもて》を上げられよ」

奈津姫と新九郎は、揃《そろ》って体を起こし、正面から二人と向き合った。

「奈津にございまする」

続いて新九郎も挨拶する。

「瀬波新九郎と申します」

長盛が、怪訝な顔をした。

「ご貴殿は、どなたか。奈津殿は一人でお住まいと聞いておったが」

はい、と新九郎が口を開こうとすると、奈津姫が先に言った。

「これは我が一族の縁者にて、奈津のことを案じ、播磨より来てくれましたものにございます。たまたま本日のことを聞き及び、奈津一人ではと同席させました次第で」

「いや、それは聞いておらぬが」

長盛は露骨に顔を顰《しか》めた。

「ご貴殿は、何故本日の面談と相成ったか、事情はご承知か」

「いかにも、存じておりまする。故にこのように付き添わせていただきたく」

新九郎も肚を括《くく》って言った。長盛はまだ不快そうである。奈津姫が言い足した。

「これは鶴岡家にとって重臣同様の者、奈津一人にては心細うございます故、何《なに》卒《とぞ》ご寛恕《かんじょ》のほどを」

「しかし……」

長盛はなおも頷こうとしない。が、ここで三成が言った。

「構わんでしょう、右衛門尉殿」

長盛は、はあ？　という顔で三成の方を向いた。

「女子《おなご》の身一人で心細いと言われるなら、それはごもっとも。我らとて、責め立てに来たわけではない。話を補っていただくこともあろうし、差し支えありますまい」

「まあ、治部殿がそう言われるなら」

長盛は、面白くなさそうだが承知した。おやおや、と新九郎は興味を引かれた。長盛の方が年上で石高《こくだか》も多く、三成より格上かと思ったが、そうでもないようだ。主導するのは三成の方らしい。後々の出来事を考えれば、当然のことかもしれない。

「では早速、奈津殿にお伺いいたそう」

三成が言った。いよいよ問責が始まるようだ。新九郎の肩に、自然に力が入った。

「この一年ほどのうちに、奈津殿はお父上にお会いなされたか」

まず三成が尋ねる。奈津はいいえ、と応じた。

「もう二年、会《お》うてはおりませぬ」

「では、文のやり取りはござったか」

「それは、二度ばかり。互いに暮らしの様子を知らせ合うほどの」

ふむ、と三成は髭を撫《な》でる。

「その文、今はお持ちかな」

「いいえ。取っておくほどのものでもなく、木下の家を出る時に打ち捨てましてございます」

捨てた、と聞いた長盛の眉が僅《わず》かに上がった。

「どのようなことが書かれていましたかな」

「どのようなと申しましても……息災であることや、風月の様子など取り立てて申すほどのことは」

「前関白《さきのかんぱく》のことについて、何か触れてはおらなんだかな」

長盛が聞いた。これにも奈津はかぶりを振る。

「関白様については、何も書かれていなかったと存じます」

愚問だな、と新九郎は思った。だいぶ以前に他家へ嫁した娘に宛《あ》て、政《まつりごと》に関わる交わりについて書き綴《つづ》るとは思えない。いや、三成も長盛も承知の上で確かめているだけか。それとも、謀反に手を貸すよう何か指図があったとでも疑っているのだろうか。

「では奈津殿は、お父上が前関白と親しく行き来しておったことはご承知か」

この三成の問いに、奈津は「さあそれは」と首を傾げて見せた。

「ご交誼《こうぎ》を頂戴していたとは聞き及びます。しかしそれが、他の方々に比べ特に厚いものとは思えませぬが」

「連歌《れんが》や茶会などには出ておられたはずだが」

「はい。関白様からのお招きであれば、お断りなどできましょうや」

三成は、むっと唇を引き結んだ。確かに、太閤の後継と見做《みな》されていた関白秀次の招きを断るような非礼は、余程深い計算でもなければなかなかできまい。しかし戦国の世で生き残ろうと思えば、そうした深い計算が常から求められるのも、また然《しか》りである。

「お父上が前関白、或いは太閤殿下について、何か評していたのを聞いたことはござらぬか」

「これはまた」

奈津は袖を口に当てて笑った。

「そのような不遜《ふそん》なこと、家を離れて久しい私の耳になど、入れる道理もございますまい」

もっともな話だった。三成はさらに聞く。

「お父上が、近々加増《かぞう》されるとか大きな御役目に就くとか、そのような類《たぐ》いのことを口にされたか、或いは口にされたとお聞きになったことはござらぬか」

謀反に加わる餌《えさ》を何か与えられたのではないか、と言いたいようだ。これにも奈津は、はっきりとかぶりを振った。

「父上についても、家督を継いだ孫三郎についても、そのような話を耳にしたことは一切ございませぬ」

噂としてでも聞いておれば、自身でどなたかに確かめたはずです、とまで奈津は言った。長盛は少し苛立《いらだ》ったように眉根を寄せた。が、三成は泰然《たいぜん》として薄い笑みさえ浮かべ、至極《しごく》当然のように受け止めた。

「なるほど、いちいちごもっとも。よくわかり申した」

新九郎は、ほっと肩の力を抜いた。奈津姫は無難に乗り切ったようだ。三成と長盛の問いかけに動じることなく、堂々と受け答えしたことに、新九郎は畏敬《いけい》の念さえ覚えた。

「ところでじゃ。田渕道謙殿がお父上について、前関白と深く交わっておると我らに伝えたことは、ご存じでしたかな」

さりげない顔つきで三成が言った。奈津の頰が、ぴくりと動いた。おっと、次はそっちを攻める気か。新九郎も、一度緩《ゆる》みかけた気分を再び引き締めた。

「はい、聞いております。いささか大袈裟《おおげさ》に告げられたのではと懸念《けねん》しておりまするが」

奈津は、父と秀次は田渕が言うほど深い交わりではないと示したかったようだ。だが三成はそれを聞いて、目を細めた。

「ほう、大袈裟であったと。だとすれば、ご不快でしょうな」

おや、と新九郎は眉をひそめた。これはどうも、悪い方向へ行く取っ掛かりを与えたかもしれないぞ。

「田渕道謙殿に会われたことはおありか」

「いえ、生憎《あいにく》と一度も」

左様ですか、と三成は受け流した。承知のことだったようだ。

「湯上谷左馬介は、こちらに度々来られていましたかな」

奈津の表情が、僅かに硬くなった。

「離縁の後、この庵に参りましてから何度か」

「奈津殿はここに来られてどれほどでしたかな」

「ひと月余りになります」

秀次に謀反の疑いが出たのは、良霍から聞いたところによると水無月《みなづき》の終わりか文月《ふづき》の初め。離縁がひと月余り前なら、前夫木下重左衛門は、ずいぶん早く動いたようだ。奈津姫が評したように、小心者だけに保身にかけての勘は鋭いと見える。

「庵主様にお聞きしたところでは、湯上谷左馬介は四度、こちらを訪ねている。ひと月余りに四度とは、いささか多いのではないか」

増田が探るような目で言った。奈津は眉を逆立てる。

「かつての近習《きんじゅう》がこの身を案じてのこと。何の不都合がございましょう」

「常《つね》であれば、不都合などござらぬ。しかし、四度目に来たのが田渕道謙殿が殺された前の日となると、捨て置けぬ」

三成の目が鋭くなった。いよいよ本性を見せてきたか、と新九郎も身構える。

「何がおっしゃりたいのでしょうか」

「奈津殿は湯上谷に、田渕殿がお父上について我らに讒言した、と話されたのではないか」

　やはりそう来たか。三成は、左馬介が奈津姫に扇動《せんどう》されて主君の仇《かたき》とばかりに田渕道謙を討った、という構図を描いており、その言質《げんち》を奈津姫から取りたいのだ。それに気付いたらしい奈津の顔が強張《こわば》った。

「父上のご詮議が、田渕様の示されたお疑いによるものかもしれぬ、とは確かに話しました。ですが、讒言などと申した覚えはございませぬ」

「ほう。では奈津殿は、田渕殿の訴えが正当なものであったと申されるか」

「それは……」

　さっき大袈裟と言ってしまった奈津は、三成の追及に言葉を詰まらせた。

「たとえ讒言との言葉は使われずとも、田渕殿の申しようが不当と考えておられるなら、それは奈津殿の態度から充分に湯上谷に伝わったであろう。そうは思われませぬか」

「いえ、そのようなことは」

「湯上谷は御身を案《あん》じて何度もこちらへ足を運んだ、と申されたな。ならば、奈津殿の胸の内を汲み取り、恨みを晴らさんとあのような挙《きょ》に出ることは、寧《むし》ろ当然ではござらぬか」

嵩《かさ》にかかるように、長盛も畳みかけた。言葉が出ないまま、奈津の顔が次第に引きつる。これまでだ、と新九郎は意を決し、口を開いた。

「畏《おそ》れながら、治部少輔様」

思い通りに進めていたところをいきなり邪魔された三成は、むっとした顔を新九郎の方に向けた。

「何かな」

「湯上谷殿が田渕道謙殿を手に掛けた、とは確かなことにございましょうや」

長盛が、何を無礼なと睨みつけてくる。それを抑えるように、三成が言った。

「田渕殿の死骸の傍らに立っておったところを、家人《かじん》に取り押さえられたのじゃ。言い逃れのしようもない」

「立っていた？　ただ立って、死骸を見下ろしていたということですか」

新九郎は情景を頭に描こうとした。自分が殺してしまったことに驚き、茫然自《ぼうぜんじ》失《しつ》していたのだろうか。しかし三成の見方では、左馬介は主君を陥《おとしい》れた田渕道謙を討とうと出向いたはず。泰平の江戸でならともかく、見事本懐《ほんかい》を遂げたのに呆然と突っ立っているような戦国武士があるものか。

「左様」

「血刀を提《さ》げたまま、家人に取り押さえられるまで、そのままで？」

念を押すように言うと、三成の表情が少し動いた。

「いや、刀を提げていたわけではない。刀は、地に落ちておった」

落ちていた？　左馬介はそれを拾いもしなかったのか。

「それは湯上谷殿の刀だったのですな」

ここで初めて、三成の顔に動揺のようなものが見えた。

「いや、田渕殿の脇差であった」

「は？　田渕殿は、ご自身の脇差で刺されたのですか。湯上谷殿の刀は」

「腰に差されたままじゃ」

何だこれは。どうもおかしい。

「ではつまり、こういうことですか。湯上谷殿は、自らの刀を抜きもせず、田渕殿の脇差を抜いて田渕殿を刺した。田渕殿は抗いもせず、されるがままに死んだ。湯上谷殿は脇差を放り出し、ただじっと死骸を見下ろして立ち、家人が来るのを待っていた、と」

三成の顔が、強張り始めた。同時に長盛の眉も吊り上がる。いきなり長盛が、怒鳴った。

「おのれ、一体何のつもりじゃ。太閤殿下直々のお指図により参った我らに対し、無礼が過ぎるであろう。引っ込んでおれ！」

やり過ぎたか。新九郎は身を竦めた。が、そこで三成が止めた。

「待たれよ、右衛門尉殿」

刀を抜かんばかりだった増田長盛が、驚いたように振り返る。

「何だ。こやつに言わせておくのか」

「いや、落ち着かれよ。この男の言うこと、間違ってはおらぬ。並べて考えてみると、確かに筋が通らぬ」

ほう、と新九郎は驚いた。さすが三成、ただ頭が切れるだけではないらしい。

長盛は歯軋《はぎし》りするように新九郎と三成を交互に見たが、やがて溜息をつき、座り直した。

場が落ち着いたと見た新九郎は、肚を括ってさらに尋ねた。

「治部少輔様は、田渕道謙殿が殺された場所を、ご覧になりましたか」

「見た。田渕殿の屋敷の庭じゃ」

「湯上谷殿は、玄関から案内されて屋敷に入ったのですか」

「表から訪ねて行って、会えるはずがなかろう。裏の木戸から入ったのじゃ」

「では、裏木戸は鍵も閂《かんぬき》もかかっていなかったのですな。そうして庭に入り、田渕殿が来るのを待ち伏せておったと」

「……そうであろうな」

「何故そうまでして屋敷に入ったのでしょうな。田渕殿がいつ庭に出るかもわからぬのに。家人に見つかって取り囲まれる心配もあるし、討つなら、動静を探った上で外の道で襲う方が余程確かでしょうに」

「木戸を入った時、たまたま庭に出た田渕殿と鉢合わせして、一気に事に及んだやもしれぬではないか」

長盛が言ったが、新九郎は首を捻って見せた。

「鉢合わせしたのに、田渕殿は声も上げず手向かいもせず、ただ討たれたと言われますか」

その問いかけへの答えはなかった。三成と長盛は顔を見合わせ、眉根を寄せて居心地悪そうに身じろぎしている。やっぱりな、と新九郎は内心で嗤《わら》った。こいつら、お調べのイロハもわかっちゃいねえ。奉行所なら、お前の目は節穴《ふしあな》かとぶん殴られるところだ。江戸の手慣れた悪党どもがここに来りゃ、好き放題に悪さができそうだぜ。

新九郎の胸の内を知ってか知らずか、やや困惑したような顔つきで三成が声をかけた。

「そなた、なかなかに頭がいいようだな。それに胆《きも》も据わっておるようだ。こういうことに、慣れておるのか」

すかさず奈津姫が言った。

「この者、青野城で上士が殺された折、見事謎を解き明かして手を下した者を捕らえてございます」

「ほう、そのようなことが。初めて耳にしたが」

三成はちょっと首を傾げた。実際は、十七年前のことだ。その時分なら三成はまだ小姓《こしょう》か何かだろう。秀吉の中国攻めに加わっていたとしても、あの一件が小姓風情の耳に届いたりはしまい。それに、今の新九郎は二十六歳のままだ。十七年前は子供だったことになる。どうもややこしくていけねえ、と新九郎はこっそり苦笑した。

「では、田渕道謙殿を誰がどうやって殺したか、突き止めることもできるか」

三成が突然言った。これには、新九郎も含めた誰もが仰天《ぎょうてん》した。

「治部殿、何を言うのだ」

とりわけ驚いたのが長盛だった。眉を逆立て、噛みつかんばかりにして三成に声を荒らげる。

「このような、どこの何奴《なにやつ》ともろくにわからぬ輩《やから》に調べをさせる気か」

「奈津の近しい者です。それは無礼でございましょう」

奈津姫が鋭く釘を刺した。長盛が言葉を呑み、矛先《ほこさき》が鈍った。

「まあまあ、右衛門尉殿」

三成が宥《なだ》めるように言う。

「我らは湯上谷左馬介を既に捕らえておる。彼奴《きやつ》が手を下したのでないと言うなら、この者が自身で調べ、真の下手人を捜し出せばよい。見つかればそれで良し、駄目なら湯上谷を打ち首とする。それで我らが困ることもあるまい」

「しかし……」

「湯上谷ではない下手人がいるなら、そ奴を野放しにはできん。また何をするやもしれませぬからな」

「それはまあ、確かに」

長盛は渋々ながら認めた。

「田渕道謙殿は太閤殿下の御側衆。殿下に弓引く者の仕業やもしれませぬ」

奈津姫が、まるで脅すかのように駄目を押した。長盛は、ぐっと歯を食いしばって奈津姫と新九郎を睨みつけた。二人は、素知らぬ顔で揃って目を逸らした。

「で、どうだ。やれるのか」

長盛が黙ると、三成は返事を催促した。新九郎は少し考えたかったが、逃げようはあるまい。

「やれる、と存じまする」

半ば虚勢を張って、言った。

「首尾《しゅび》よく真の下手人を見つけ出しましたら、湯上谷殿は解き放ちいただけますな」

「言うまでもないこと。ただし見つけ出せねば、先ほど申した通りそのまま湯上谷の仕業として処断する」

十五日、猶予《ゆうよ》を与えようと三成は言った。なかなかに厳しい条件だ。しかし、こうなればやるしかない。ご先祖様の危難は、我が身の危難と同じなのだ。

「承知仕《つかまつ》りました。ですが、調べを進めるに無位無官の身では。治部様のお指図にて調べに当たるというお墨付《すみつ》きを頂戴できますか」

「ふむ。それはもっともな話だ」

三成は大声で尼僧を呼び、紙と筆と墨を持って来させると、その場で書状を作った。花押《かおう》を入れ、新九郎に寄越す。

「そなたの下知《げじ》に従うよう、我が名をもって記しておいた。これで大概の者は逆らうまい」

長盛はまだ、本当にいいのかという目で三成を見ている。三成は取り合わなかった。

「かたじけのうございます。それでは十五日の間、この身を削りまする」

新九郎がお墨付きを押《お》し戴《いただ》くと、三成は鷹揚に頷いて「見送りはご無用に」と告げ、長盛を促しつつ席を立った。

三成らが出て行くと、新九郎は「はあっ」と大きく息を吐いて天井を見上げた。体の全部から、どっと汗が吹き出す。

「胆を冷やしました。石田治部と駆《か》け引《ひ》きすることになろうとは」

「治部少輔は確かに切れ者じゃが、それほど慄《おのの》くこともなかろうに」

奈津姫は、大袈裟なと笑った。奈津姫はまだ、石田治部が天下を賭けて神君家《しんくんいえ》康《やす》公と対決することになるとは知らないのだから、無理もない。

まあそうですがね、と頭を掻いたところで、奈津姫が急に居住まいを正した。

「新九郎、済まぬ」

えっ、と新九郎は慌てる。

「済まぬ、なんて」

「奈津と左馬介のために、このような。つい縋ってしまったが、そなたに災いが及ばねばいいが」

「災い、なんてことがありますかね」

「治部少輔は、そなたがしくじれば、左馬介だけでなくそなたも処断するやもしれぬぞ」

それは考えていなかった。しかし、そこまでするだろうか。

「まあ、危なくなったら二百年先に逃げますよ」

「それは、それほど簡単にできるのか」

「そりゃ……できると思いますが」

できなくては困るのだが、それは新九郎にも自信がなかった。自分でどうこうできるものでもないようなのだ。まあそこは、笑いに紛《まぎ》らせておく。そうか、と奈津姫は少し安堵を見せた。

「それにしても治部少輔は、よく新九郎を調べに当たらせる気になったものじゃ」

奈津姫は改めて首を捻った。

「初めて会ったばかりで、自身の配下でもないのに、それほど信用するとは」

「さあて、恐らくは太閤を気にしてのことでしょうな」

太閤を？　と奈津姫は怪訝な顔をする。

「右衛門尉殿は、太閤直々の指図で来た、と漏らしました。先ほどの話の進め方からしますと、式部様のことだけでなく、田渕道謙殿の一件も遺漏《いろう》なく処するよう、命じられているのでしょう」

太閤も自分の御側衆を殺されたわけですから、かなり怒ってるんでしょう、と新九郎は笑って見せた。

「間違いは許されぬ、ということか」

奈津姫が言った。新九郎は頷く。

「左馬介殿がやったとは、治部少輔も確信できなくなったはず。そのままにしてもいいが、もし真の下手人が別の何かを起こした時、それが発覚して太閤の不《ふ》興《きょう》を買うことを、治部殿は恐れたのです」

「なるほど」

奈津姫も得心したらしく、笑みを浮かべた。

「ならばその立場、大いに利用せねばな」

「無論、そのつもりです」

新九郎は三成からもらったお墨付きを、ひらひらと振って見せた。

四

まずやらねばならないのは、湯上谷左馬介に事情を聞くことだ。捕らわれているとのことだが、牢はどこだろう。新九郎の世では伏見奉行所があるが、この時分にはそんなものはあるまい。

それとなく光運寺の良霍《りょうかく》に聞いて、城番《じょうばん》が町奉行のようなことをしているらしいとわかったが、城も城下町もまだ普請中なのだ。何もかもが仮の姿で、誰の差配かはっきりしないところもあった。それでも仮牢《かりろう》の場所は聞くことができたので、新九郎は早速そこへ向かった。

仮の牢屋敷は、家並みの外れにあった。取り敢えず建てたばかりらしく、塀はしっかりしているものの見た目は普通の屋敷のようで、いかにも間に合わせといい風だ。できるだけ威勢を張って、門番に左馬介に会いたいと告げる。門番は当惑顔になったが、すぐに牢番の頭《かしら》に取り次いでくれた。

出てきた濃い髭面《ひげづら》の侍は、野島直右衛門《のじまなおえもん》と名乗った。体つきはいかついが、態度物腰からすると、あまり機転の利《き》く方ではなさそうだ。足軽組頭《あしがるくみがしら》程度だろうか。いかにも牢番頭《ろうばんがしら》に向いているな、と新九郎は内心でニヤリとした。

「いったい湯上谷左馬介と申す罪人に何用か」

偉ぶるように肩をそびやかして問う野島に、石田三成のお墨付きを差し出した。野島の態度が、ころりと変わった。

「ご無礼仕りました。治部少輔様のご名代《みょうだい》とあれば、何なりと」

野島は腰を折り、どうぞこちらへと新九郎の先に立って牢内に入った。新九郎は、一万石程度の重臣のような顔をして鷹揚に頷き、その後に従った。

ろくに窓もない牢内は、薄暗い。この辺は、小伝馬町《こでんまちょう》の牢屋敷と似たようなものだ。囚人の姿はまだほとんどなく、幾つかに区分けされた中の一番奥の牢に、左馬介は一人で座っていた。

気配に気付いた左馬介が、顔を上げてこちらを見た。少しばかり目を眇《すが》めていたが、やがて驚愕《きょうがく》の表情が浮かんだ。

「そなたは……」

言いかけるところを「しっ」と一旦黙らせ、野島に向き直って「ご苦労であった。この場は外してもらいたい」と告げた。野島は文句も言わず、すぐに外へ出て行った。

野島と牢番の背中が見えなくなるのを確かめ、新九郎は左馬介と格子を挟んで向き合った。左馬介の目は、驚きに見開かれたままだ。

「せ……瀬波新九郎ではないか。どうして」

「奈津様より聞きました。殺しの疑いを掛けられたそうですな」

左馬介は唖然としかけたが、すぐに頷いた。

「左様。しかしその、そなたの姿は若いままではないか。あれから十何年も経っておるのに、どんな妖術じゃ」

おいおい、まず気になるのはそっちかよ。新九郎は笑い出しそうになった。新九郎から見ると、暗いので細かくはわからないが、十七年前には同年輩だった左馬介の顔には皺が幾つも入り、髪にも白いものが出ているようだ。左馬介の方は目が暗さに慣れているので、新九郎の顔がはっきり見えるのだろう。

「ええと、その、実は年の離れた弟です。呼び名は兄と同じ新九郎ですが」

「弟だと？　しかも名が同じ？」

さすがに無理があったか、左馬介は困惑を浮かべた。しかし、他の説明も浮かばないので、これで押し通しておくしかない。黙っていると、左馬介の方も要らぬことに頭を使うのを諦《あきら》めたようだ。「左様か」とだけ言った。

さて、あまり時をかけるわけにもいかない。新九郎はいきなり問うた。

「田渕道謙殿を殺《あや》めたというのは、本当ですか」

「違う！」

左馬介は、きっぱりと言った。

「儂《わし》が屋敷内に入った時、田渕殿は既にうつ伏せに倒れておった。一目で死んでいるのがわかったので、これはどうしたことかと立ち尽くしていたら、家人に見つかり取り押さえられてしまった」

思っていた通りの答えが返ってきたので、新九郎は頷いて先に進めた。

「死骸を見つけた時、その場には誰もいなかったのですね」

「うむ。死骸だけであった」

「左馬介殿は、どこから屋敷に入られましたか」

「裏木戸だ。閉まっていたが、試しに開けてみると閂《かんぬき》などかかってはいなかった」

「わかりました。それで、田渕殿の屋敷に何をしに行ったのです」

一瞬、左馬介は口籠《くちごも》った。

「それは……」

「田渕殿を討ち取るおつもりでしたか」

左馬介の眉が、ぎょっとしたように上がる。が、すぐに肩が落ちた。

「奈津様に会われたと言うたな。では、田渕道謙めが何をしたか存じておるな」

「まあ、だいたいのところは。鶴岡式部様に関白の謀反への加担の疑いありと、石田治部殿や増田右衛門尉殿に告げ口されたのでしたか」

いかにも、と左馬介は顔を歪め、大きく頷いた。今も憤《いきどお》りは消えていないようだ。

「あ奴めは、殿が謀反の企てについて関白殿下から誘いを受け、承知していたとの戯言《ざれごと》を書状に記し、治部少輔に差し出したのだ」

書状があるのか。折を見て、三成に見せてもらった方がいいかもしれんな。

「どんなことが書いてあったかまで、ご存じではないでしょうな」

「儂がその書状を見せてもらえたわけではない。だが、話には聞いておった」

左馬介は、いかにも口惜《くや》しそうに言った。

「治部少輔が殿を問詰《といつめ》に参った時も、儂は隣室に控えて漏れ聞こえる話を耳に入れておった。治部少輔は、殿が関白殿下の茶会に招かれた折、太閤殿下やご近習についての不満を述べられたのではないかとしきりに尋ねておった。その際、謀反に誘われたと思うてのことであろう。田渕道謙の書状にそのようなことが書かれておったからだ」

ふむ。どうやら三成の考えとは違い、左馬介は奈津姫から田渕道謙の告げ口について聞いたのではなく、自分で摑んでいたようだ。

「全部を聞かれたわけではないのですな」

「そうだが、おおよそのところはわかる」

三成に、その時のことも聞いた方がいいだろうか。いや、自分が許されたのは田渕道謙殺しの調べについてのみだ。鶴岡式部の詮議に関わることについては、教えてはもらえまい。

「それで田渕殿に恨みを持たれたと」

左馬介は、少しむっとしたようだ。

「恨み、とは違う。田渕が何故そのような根も葉もない讒言をしたのか、問い質さねばと思うたのじゃ」

「問い質すご所存だったと？　討ち果たすのではなく」

当たり前だ、と左馬介は言った。

「事と次第によっては、と心してはおったが、いきなり討とうなどとはせぬ」

「ならば何故、表玄関で案内を請うのではなく、裏木戸から」

「初めはきっちりと表から訪ねたのだ」

左馬介は、苦々しい顔になった。思い出して不快になったらしい。

「奴め、門前払いを食わせおった。客人があるから邪魔だ、儂に話すことなどない、と家人に言わせ、自身は出てもこなんだ」

「で、そのまま帰らずに裏へ？」

「すぐに裏へ回ったわけではない。一度戻ったのだが、やはりこのままでは帰れぬと思い、引き返して裏へ行ったのだ」

「どのくらい、間がありましたか」

「腹立ち紛れに少々飲んだからな。まず一刻、いやもう少し経っていたのではないか」

一刻、あるいは一刻半（約三時間）か。だいぶあやふやだが、道謙が殺されたのはその間だろう。

「そこまでして田渕道兼殿に、どうしても問い質したかったのですか」

新九郎が聞くと、左馬介はふっと黙った。新九郎も薄暗さに慣れてきたので、左馬介の顔つきが暗くなったのがわかった。どうしたのかと問いかけようとした時、左馬介がふいに言った。

「今月二日、三条河原で何があったか知っておるか」

えっ、と思ったが、事の次第は良霍から聞いている。

「見たわけではありませんが、存じております」

「儂は、その場に居《お》った」

左馬介の言葉は、ひどく苦し気に聞こえた。

「合戦の場で何度も人の死に様を目にしてきたが、あのようなむごたらしい光景は見たことがない」

新九郎は絶句した。良霍の言葉からはそこまで感じ取れなかったが、戦場で凄《せい》惨《さん》な場に何度も立ち会ったはずの左馬介が震えるほどとは。いかに残虐《ざんぎゃく》なことだったか、初めて気付かされた気がした。

「儂はあれを目にして……奈津様方があのような目に遭うことだけは、何としても避けねばならぬと思うたのじゃ」

そんなことは、考えるだに耐えられぬ、と左馬介は呟いた。

「儂にできることは限られておる。それでも、何かせねばならぬ」

「そうですか。そう思われて、奈津様ら御一族を救うため、式部様への疑いを晴らそうとお考えになったのですな」

左馬介が、黙って頷いた。新九郎にも、左馬介の気持ちはわかった。青野城で見た左馬介は、真っ直ぐだが考えるより先に動いてしまう性向の男だった。今も変わっていないのだな、と新九郎は目を細める。

「その結果がこのざまじゃ。殿や奈津様をお助けするどころか、却って迷惑をかける仕儀《しぎ》となってしもうた」

左馬介の肩が、がっくりと落ちた。今まで張っていた気が抜け、後悔の念が一気に甦ったようだ。新九郎は格子を摑み、顔を近付けた。

「お力を落とされますな。ご貴殿は、殺しに手を染めてはいないのでしょう。であれば、疑いはきっと晴らせます」

左馬介は、驚いた様子で顔を上げた。

「疑いを晴らしてくれると言うのか」

「はい。この通り、治部少輔殿と話を付けました」

新九郎はお墨付きを懐から出し、左馬介に見せた。左馬介の目が、大きく見開かれる。

「できるのか、そんなことが」

「私が……いえ、兄が十七年前、青野城でやってのけたことを覚えておいででしょう。同じくらいのことは、私にもできます」

正直、そこまで請け合うほど自信があるわけではないが、ここは左馬介を安心させてやらなくてはならない。左馬介はしばし、言葉を失くしたように新九郎を見つめていたが、いきなり牢の床に両手をついた。

「頼む。儂のことは構わぬ。だが何としても、殿と奈津様を救って下され」

絞り出すような声に籠《こも》った必死の思いが、新九郎にも伝わった。新九郎は格子にかけていた手を強く握り、「必ず」と答えた。

翌日、新九郎は田渕道謙の屋敷に向かった。殺しのあったその場を見て、家人の話を聞かねば先に進めない。

良霍も田渕道謙の屋敷までは知らなかった。だが御側衆の屋敷は城のすぐ傍に集まっていると聞き、そちらの方を目指した。城の周りは相変わらず普請の人足らでごった返しており、新九郎はその間を縫いつつ、北側の空堀に沿って進んだ。城内の普請の済んだ建物の屋根に並んだ金箔瓦《きんぱく》がきらきらと光を放つのが、妙に気に障った。

御側衆や近習の屋敷と見える一角を見つけ、そこを通る道に入った。幾つかの屋敷は、城と同様にまだ普請中だ。伏見はまさに、造りかけの町なのだ。

ほどなく、門口に槍を持った数人の足軽が立っている屋敷を見つけた。門番にしては物々しいので、そこが殺しのあった屋敷だろうと考えて、通りかかった商人に聞いてみた。やはり思った通り、田渕道謙の屋敷であった。

陣羽織《じんばおり》を着た男がいたので、組頭《くみがしら》に違いないと見当を付け、歩み寄ってお墨付きを見せた。組頭はさっと姿勢を正して一礼した。

「お越しになるであろうと、治部少輔様から伺っておりました」

だろうな、と新九郎は思い、組頭に案内されて表門をくぐった。

屋敷は千坪程度に見えた。江戸では中堅どころの旗本屋敷といったところか。田渕道謙の扶持《ふち》は千二百石《こく》と聞いていたので、まず分相応《ぶんそうおう》だろう。奥の座敷に通されると、小袖に肩衣《かたぎぬ》をつけた家人が挨拶し、堀弥兵衛《ほりやへえ》と名乗った。ここでは一番格上の家人で、江戸の旗本家で言うなら用人といった辺りだろう。

「此度は、御役目ご苦労様にございます」

三成の側近とでも思われているようで、堀の態度は丁重《ていちょう》であった。新九郎は礼を述べつつ、聞かれたことには包み隠さず答えるよう釘を刺した。この辺の物言いは、江戸でのお調べで慣れている。堀は、誓って隠し立てなどせぬと応じた。

「田渕殿は、この庭に倒れておられたのか」

新九郎は、座敷の前に広がる庭を指した。庭は紅葉や梅が植えられており、奥に築山と池があった。だが木々には隙間があり、地面には芝も苔《こけ》も張られておらず、池は空だった。まだ庭造りの途中だったのだ。

「左様でございます。ちょうどあの辺りで」

堀が指したところは庭の中ほどで、土の地面に踏み石が並べられた傍らだった。踏み石の先には小ぶりな庵がある。

「あれは茶室ですかな」

聞くと堀は、その通りだと答えた。太閤の近くに侍《じ》するとなれば、茶の嗜《たしな》みは必須なのだろう。

「倒れ伏している田渕殿と、傍らに立つ湯上谷殿を見つけたのは、どなたですか」

「それがしでございます。お客人をお待たせしたまま殿の姿が見えなくなりましたので、どちらかと捜しながらこの座敷の前の廊下に出ましたらば、殿と湯上谷左馬介が、そこに。それで大声で他の者どもを呼び、湯上谷を取り押さえましてございます」

主の死を嘆くより、主を殺した者を自ら捕らえたことを誇っているような言い方だった。

「湯上谷殿を、前からご存じだったのか」

「いいえ、あの日の昼前に一度、殿に会いたいと言ってここに来られましたので。それが初めてです」

「その時は、断られたのでしたな」

「はい。何を思うてか知りませぬが、大変な剣幕《けんまく》で、殿に何としても問い質したき儀あり、と今にも押し込みそうな勢いでしたので、とても屋敷に上げるわけにはいかず、何とか家の者総出で追い返した次第で」

あんな奴なら、殺しなど平気でやるだろうと言わんばかりだ。新九郎は、苦笑しそうになった。左馬介本人から聞いたのとはだいぶ趣《おもむ》きが異なるが、左馬介には殴り込み同然だったという自覚がないのだろう。あいつらしい話だ。

次に新九郎は、田渕道謙と左馬介の刀がどうだったか、確かめた。堀の答えは、新九郎が三成から聞いていたのと同じであった。ただし堀は、それがおかしなことだとは思っていなかった。

「左様でござるか。ところで、殿が客人をお待たせしていたと言われたが、こちらに客人が来られていたのですか」

「はい。あの時はお三方、お見えでございました」

客が三人もいたのか。その客たちに、何か見聞きしていないか確かめねばならない。

「それは、どういった方々です」

「お一人は太閤殿下のご近習で、大垣玄蕃《おおがきげんば》様です」

山城《やましろ》で二千石を領しているという。旗本衆の一人らしい。

「もうお一人は、宇喜多中納言《うきたちゅうなごん》様ご家中の、上郡三郎兵衛《かみごおりさぶろべえ》様で」

へえ、宇喜多の家臣か。江戸で読んだ古文書には、左馬介が後に宇喜多家に仕官したことが書かれていた。こんなところで、妙な縁があるものだ。いやその縁も、新九郎が左馬介を首尾よく救い出せない限り、意味がないのだが。

「あと一人は、堺《さかい》の商人で真山青楽《まやませいらく》殿です」

「ほう、堺の。田渕殿とは、どのようなお付き合いですか」

「茶の道を通じまして、いろいろと。青楽殿は、かつて千利休《せんのりきゅう》様に師事《しじ》し、古《ふる》田織部《たおりべ》様らともご交誼《こうぎ》がありますので」

あの千利休の弟子だったのか。それは侮れない商人だ。この時代、茶の湯を通じて大名たちが様々に交わりを持ち、密談密議なども行われていたという。その真山青楽という男、茶の湯の名目で、太閤の御側衆である田渕道謙と大名連中との仲介などに関わっていたかもしれない……。

いかん、深読みし過ぎだ。新九郎は堀に来客の用向きを尋ねた。

「大垣様と青楽殿は、連れ立ってお見えでした。茶のお話かと存じますが、詳しくは伺っておりませぬ」

茶の話、ねえ。それだけではない気がしたが、堀に聞いても仕方がない。本人に確かめるとしよう。

「上郡殿は、別に来られたのか。それは、たまたまですかな」

「たまたま、でございましょう。大事な御用向きとおっしゃいましたので、殿に取り次ぎました。その時は大垣様と青楽殿にご面談の最中でしたが、そちらは中座され、上郡様とお会いになりました」

先客を待たせて、ということは、田渕道謙にとって本当に大事な用件だったのだろう。これも上郡とやらに聞いてみなくては。

「庭に出られた、ということは、田渕殿は上郡殿との座も途中で外されたのですか」

「はい。中座されるところをそれがしは見ていなかったのですが、上郡様が殿は自分を放ったままでどうしたのかとお怒りになり、それで先ほど申しましたように屋敷内を捜しましたところ、庭で……」

「ちょっと待って下さい。では、田渕殿が上郡殿との席を立ったところは、誰も見ていないのですか」

新九郎は堀を遮《さえぎ》るように聞いた。堀は「おそらく」と頷く。

「屋敷には、客人を除いて何人居られたのです」

「ええと、所用で出かけていた者が何人かいますので……そう、十人ほどでしょうか」

それは思ったより少ない。

「客人の座敷の近くや、庭が見えるところには誰も？」

「はい。それがし以外は、奥の方か厨《くりや》に。あ、あと玄関脇の控えに一人」

「では……堀殿が声を上げるまで、誰も異変に気付かなかったのですか」

「左様でございます」

「客人方も？」

「はい」

新九郎は小さく唸《うな》って、腕を組んだ。殺しがあったというのに、屋敷に居た者は皆、それを見聞きしていない。この広さの屋敷であれば、あり得ることには違いないが、本当に誰も気付かなかったのだろうか。

新九郎は堀に見咎《とが》められない程度に唇を歪めた。この一件、どうも一筋縄ではいかないようだ。

取り敢えず、田渕道謙が倒れていた場所を確かめよう。新九郎は堀にその旨《むね》を告げ、座敷の前の縁側から庭に下りた。

「ここ、この場所でございます」

堀が前に出て、地面を示した。そこにしゃがみ込んでみる。何日か経っているので、足跡などはとうに消えていた。残っていたとしても、駆け付けた家人に踏み荒らされていただろうから、役には立つまい。

よく見ると、踏み石の一つに血の跡があった。それで、死骸の位置はほぼ正確にわかった。母屋《おもや》の縁側から茶室までは十二間《けん》（一間＝約一・八メートル）ほどで、その丁度真ん中辺りだ。塀までは真横に三間ほどか。塀に沿って、植え込みが幾つか並んでいる。その塀に付けられた裏木戸までは、斜めに五間くらい。木戸を開ければ、死骸は真っ先に目に入る。左馬介が話したことに、矛盾《むじゅん》はなさそうだ。

立ち上がり、振り返って母屋を見た。さっきまで座っていた座敷以外、見通せる部屋はない。縁側は曲がって壁の裏まで続いているが、堀に聞くとやはりそこは厠《かわや》だった。

「その座敷には、どなたも居なかったのですな」

新九郎が念を押すと、間違いございませんとの答えが返った。

「大垣様と青楽殿が居られたのは、その座敷の違《ちが》い棚《だな》のある壁の向こう側です。

上郡様が居られたのは、左手の奥です。互いの話が聞こえぬよう、間を取ってご案内いたしました」

普段客を通すのは、大垣らが居た部屋だという。新九郎を庭の前の座敷に通したのは、死骸があった場所がよく見えるようにとの配慮《はいりょ》だったそうだ。新九郎は得心し、再びしゃがんで地面に何も落ちていないか、丹念に探った。しかし、何も見つかりはしなかった。念のため茶室も覗いてみたが、三畳のごく小さな茶室にも、不審なものは全く見当たらなかった。

庭には何もないと見切りをつけ、新九郎は座敷に戻って、堀に家の者を集めるよう言った。聞けば、殺しのあった時に屋敷に居た者は、皆揃っているという。その十人を、新九郎は座敷に並ばせた。

当惑顔の十人が揃ったところで、新九郎は咳払いし、多少居丈高《いたけだか》に告げた。

「この家の主、田渕道謙殿が見舞われた禍《わざわい》については、存じおろう。そなたらに聞く。あの日、何か常ならぬことを見聞きした者は居らぬか」

言ってから新九郎は、一同を見渡した。男女が五人ずつ。うち侍は、二人だけだ。後は、侍女や下働きの者たちだった。道謙の妻子は、摂津《せっつ》の領地にある屋敷に居るという。十人は皆、肩を強張らせて目を伏せていた。何か見たと言い出す者はいない。

「では一人ずつ、堀殿が異変を見て声を上げた時、どこに居たかを言ってもらおう」

新九郎は、端から順に答えさせた。下働きたちは厨に、侍女らは厨の隣の控えに居たと答えた。侍のうち一人は堀が言ったように玄関脇の控えに、もう一人は奥の道謙の居間の隣室に居たという。その通りなら、確かに庭で多少の物音がしても聞こえないだろう。まあ、さして期待していたわけではない。念のため、新九郎はもう一度聞いた。

「田渕殿が庭に出るところを見た者は居らぬか」

これにも、答えはなかった。

「重ねて尋ねる。屋敷の内でも外でも、殺しのあった時分から外れていてもよい。何も見てはおらぬか」

十人の家人は目を動かし、互いに周りの様子を窺うようであった。すると、一人の侍女がおずおずと口を開いた。

「あの、畏れながら」

新九郎は、さっとそちらを見た。年は二十歳前後、見場《みば》は十人並みというところだが、武家の出らしく品があった。

「名はなんと」

「多江《たえ》と申します」

「うむ、では多江、何を見た」

「はい。あの日の昼前、使いに出まして戻った折、御屋敷の手前まで来ましたら、門からお武家様がお一人、出ておいでになりました」

うむ、と新九郎は頷いた。昼前なら、それは左馬介だろう。

「どんな風体《ふうてい》で、どんな様子であったか」

多江はその侍の様子を、覚えている限りで述べた。やはり左馬介に間違いなさそうだ。

「そのお方は、大層お怒りのご様子で」

来訪したときすでに怒っていたくらいだから、門前払いを食った後ならかなり憤然としていたに違いない。

「その……だいぶ乱暴な物言いをなさっていました」

「ほう。正しくは、何と言っていたのだ」

「はい。このままでは済まさぬとか、刀にかけても、きっと目に物見せてくれようとか、そのようなことを」

一同が微かにざわめき、堀が目を怒らせた。新九郎は胸の内で毒づいた。左馬介の馬鹿野郎め。疑いを晴らすはずが、疑いが濃くなるような話が出ちまったじゃねえか。

「わかった。もう下がってよい」

当面、ここでこれ以上聞くことはない。新九郎は平伏する多江や他の者たちに手を振り、堀に面倒をかけたと礼を言って田渕道謙の屋敷を後にした。

五

次に新九郎が向かったのは、大垣玄蕃の屋敷だった。田渕道謙の屋敷からは、北へ三町ほどだ。着いてみると、ここも普請の途中らしく、瓦職人らしいのが仕事をしていた。母屋は出来上がっているので、人が住んでいるのは間違いない。

玄関に出てきた若侍にお墨付きを見せ、案内を請《こ》うた。三成の花押を見て驚いた若侍はすぐ奥へ走り、瞬きする間に戻って来た。幸い、大垣は在宅しているようだ。

奥座敷に通されると、大垣はすぐに出て来た。年の頃三十四、五という辺りで、福々《ふくぶく》しい顔と体つきをしている。傷跡が一つもないところを見ると、戦働きよりは内の政などの方が得意そうだ。三成や長盛もそうだが、これから泰平の世に移っていくと、出世するのはこういう連中だろう。戦功で地位を築いた面々は面白くなかろうが。

「田渕道謙殿が殺された時のことでござるか」

大垣は、少し構えるように言った。

「はい。大垣殿は、真山青楽殿と共に田渕殿を訪れておられた由《よし》、伺っております」

「いかにも。その時の様子をお話し申し上げればよいのじゃな」

能吏《のうり》らしく、大垣は呑み込みが早かった。新九郎が促すまでもなく、その場の次第を語り始めた。

「田渕道謙殿には、前関白の一件にて聚楽第《じゅらくだい》が破却と決まったことにつき、その後京でのお住まい方について太閤殿下に何かお考えはあるのか、ご存じのところを聞いてみようかと思うてな。なに、大した話ではない。茶でも喫しながら、四《よ》方山話《もやまばなし》の態《てい》でというだけじゃ」

　ふむふむ、と新九郎は訳知り顔で軽く相槌《あいづち》を打ったが、太閤が自身の建てた聚楽第を破却した、という話は初めて聞いた。関白秀次に譲ってあったものだから、腹立ちまぎれにぶっ壊したんだろうか。

「そのお話は、真山青楽殿もご一緒にということだったのですか」

　四方山話とはいえ政《まつりごと》に関わることだ。わざわざ商人を同席させるとは意外だった。

「ああいや、真山青楽殿とは途中で会うてな。たまたま茶の話で田渕殿のところへ参ると聞き、聚楽第の話は急ぐことでもないので、では共に、となった次第」

　なんだ、偶然一緒になっただけか。

「では、お二人で田渕殿と面談されたのですね」

「左様。専《もっぱ》ら茶に関わる話をしておった。さしたることはない」

「その最中、上郡殿が来られましたか」

　上郡の名を聞いて、大垣は僅かに顔を顰めた。

「確かに参った。大事な用向きということで、田渕殿は中座して会われた」

　余程大事なことなのか、結構な大音声《だいおんじょう》を上げておられたな、と大垣は皮肉交じりに言った。武骨《ぶこつ》な田舎者め、とでも揶揄《やゆ》しているように聞こえた。

「上郡殿の用向きは、聞かれましたか」

「いや、さすがにそこまでは。だが、領地がどうのという話であったような」

それは上郡殿にお聞きになればよろしかろう、と大垣は言った。もっともなので、新九郎は話を変えた。

「田渕殿が上郡殿と会われている間、大垣殿と真山殿は、ずっと座敷で待たれていたのですか」

ここで大垣の眉が動く。

「待っていた。ただし、ずっと座敷に居たわけでもない。一度、席を立った」

動いた？　これは堀の話にはなかったことだ。

「立って、どちらへ」

「厠へ行った後、しばし庭を眺めておった。まだ出来上がってはおらぬので、あそこに何を植える、あそこに石を置けば、などと勝手に考えておったのじゃ。我が庭の手本になるかと思うてな」

では、殺しのあった場をその直前に見ていたのか。これは大事だ。

「その時、庭には誰か居《お》ましたか」

「いや、誰も居らなんだ」

大垣は明確に答えた。

「では、庭をしばし眺められた後、座敷に戻られたのですな」

「その通り。少なくともその時は、何も不審なことはなかった」

足音も争う気配も、一切なかったわけか。ここは堀の言った通りのようだ。

「田渕殿と上郡殿が会うておられる部屋からは、声が聞こえましたか」

さて、と大垣は考え込んだ。

「聞こえていたとは思うが……いや、間もなく静かになったように思う」

その静かになった時、田渕道謙は中座したのだろう。

「田渕殿は、その直後に殺されたと思われます。田渕殿が庭へ出て行く足音は聞こえませんでしたか」

大垣は再び首を捻る。

「うむ……聞いたような気もするが、何とも言えぬ。家人の足音かもしれんしな」

「そうですか。真山青楽殿が何か気付かれた様子は、なかったですか」

その問いに、大垣は思い出したように眉を上げた。

「そうだ。儂が座敷に戻った時、青楽殿は居なかった」

「居なかった？」

新九郎は少し驚いた。これも堀の話には出ていなかった。

「そのまま戻られなかった、ということは」

「いやいや、しばらくして戻ってきた。互いにどこへ行ったとは聞かなんだが」

その時は、青楽も庭を見に行ったか厠へ行ったと思ったそうだ。だが言ってから、大垣は眉根を寄せた。

「いや、そうであれば儂と出会っていたはずじゃな。はて、何をしておったのか」

「では、騒ぎになった時はお二方とも間違いなく、座敷に居られたのですね。ご貴殿が座敷に戻られてから、真山青楽殿が戻られるまで、どれほどの間がありましたか」

「うーむ、どれほどと言われても……ほんのしばらくであった、としか」

大垣は困ったように言った。やれやれ、仕方ないかと新九郎は肩を竦めた。江戸の連中ならもう少し詳しく、四半刻《しはんとき》（約三十分）の半分くらいとか、そんな言い方になるはずだ。この時分の人々は、時の流れに関して江戸より大雑把《おおざっぱ》なのだ。

「では改めて確かめますが、大垣殿と青楽殿、お二方とも一時、座敷を離れておられた。それに気付いた人は、お二方以外に誰もいない。こういうことでよろしゅうござるか」

「うむ、それで差し支えない」

　大垣は少し考えてから、頷いた。

「では、堀殿が田渕殿の亡骸《なきがら》を見つけられてからのことを、お話し下さい」

「堀弥兵衛が叫び声を上げてからじゃな。そう、儂と青楽殿は声を聞いてすぐ飛び出した。廊下から縁側に出てみると、田渕殿がうつ伏せに倒れ伏し、堀殿と家人の一人が、あの湯上谷左馬介という男を両側から取り押さえておった。思わず何事かと問うたら、この者が殿を殺めましたと堀殿が叫び、ただただ驚いたという次第じゃ」

「縁側に出られた時、湯上谷は既に取り押さえられていたのですね」

「そうじゃ」

　これまた、堀の申しようと違いはなかった。

「わかりました。では、別のことをお尋ね申します」

　新九郎は幾らか間を置いて、言った。

「卒爾《そつじ》ながら、田渕道謙殿は大垣殿から見て、どのようなお方でしたか」

大垣はいささか面喰らった顔になった。

「どのような、とは。人となりを聞いておるのか」

左様、と頷くと、大垣はどう言ったものかと考えるように、顎《あご》を掻いた。

「そうさな……まず、人当たりは良い。温厚篤実《とくじつ》、と申して良かろう。面倒見も良く、粗暴なところもなく、仕事もできる男じゃ」

「こう申しては何ですが、酒や女などは」

大垣は苦笑した。

「まあ、人並みであろうな。悪《あ》しき性癖といったものはない」

「では、殺されるようなお人ではない、と」

「そう申して良かろう。正直、あの御仁が殺されたのには、大いに驚いた」

しかもその場に居合わせたのだから、尚更《なおさら》じゃ、と大垣は嘆息した。


丁重に礼を述べ、新九郎は大垣の屋敷を辞した。次は真山青楽だ。大垣に聞いたところでは、青楽は鶴之屋《つるのや》という酒屋に滞在しているそうだ。青楽自身は南蛮《なんばん》との取引で壺や織物から薬、酒までと、様々な品を扱っているとのことで、鶴之屋は得意先の一つらしい。新九郎は大垣の屋敷から、そのまま鶴之屋に足を向けた。

鶴之屋は、町の西側にあった。そこには城の外堀になるらしい水路が通ってい
て、荷を積んだ舟が何艘も行き交っている。町はまだ造りかけでも、商いの営み
は早くも盛んになりつつあるようだ。だが酒どころであるはずの伏見にしては、
酒屋は意外に少ない。酒蔵がひしめくようになるのは、まだずっと先の話なのだ
ろう。

鶴をあしらった暖簾《のれん》をくぐり、番頭に青楽はいるかと尋ねてお墨付きを見せた。
番頭は田渕道謙の一件を知らないのか、当惑した様子だったが、三成の花押はわ
かったようだ。すぐに主人が呼ばれた。

さすがに主人は、こちらの意図を解した。

「真山青楽様は、確かにこちらに。ご案内いたします」

主人自ら、新九郎を奥へと通した。手代が先に知らせたらしく、奥座敷に居た
青楽は両手をついて新九郎を迎えた。

「真山青楽にございます。治部少輔様のお指図とのこと、誠に畏れ入ります」

青楽の年恰好は、大垣と同じくらいに見えた。だがこちらはやや小柄で、大垣
よりずっと細身であり、役者のような端整《たんせい》な顔立ちである。新九郎は前置きを少
なくして、本題に入った。

「真山殿は、田渕道謙殿が殺された時、大垣玄蕃殿と同席されていたそうだな」

「はい、相違ございません」

堀様の声を聞いて大垣様と一緒に縁側に出まして、田渕様のお姿を見た時は、本当に驚きましたと青楽は身を震わせた。

「殺めたお人がすぐに捕まりましたので、安堵いたしました」

青楽は本当にほっとしている様子だ。青楽としては、左馬介が下手人でないと疑う理由はない、ということか。

「そこで幾つか、そなたに確かめたいことがある」

青楽は一礼し、「何なりと」と応じた。

「まず、大垣殿と一緒になったのは、たまたまかな」

「はい、大垣様には以前よりご交誼をいただいておりまして、道でお会いしましたところ、同じく田渕様をお訪ねと聞き、それではと同道させていただいた次第で」

「そなたの用向きは、茶の湯のことであったと聞くが」

「はい。なかなか良い棗《なつめ》を手に入れまして、田渕様にお目にかけ、お気に召せばお譲りしようと考えておりました。生憎、それは叶《かな》いませんでしたが」

茶の話、とは言っても、実は商いだったか。まあ、商人ならそんなものだろう。

「利休殿に師事しておったそうだな」

いえいえ、と青楽は手を振った。

「二、三度手ほどきを受けたくらいで、師事などと大層なことでは」

謙遜《けんそん》か。いや、利休は秀吉から切腹の沙汰《さた》を受けたわけだから、関わりを薄くしておこうという方便かもしれない。まあ、新九郎にとってはどうでもいいが。

「大垣殿と一緒に田渕殿に会われている最中、上郡殿が来たのだな」

「はい。何やら大事な御用向きということで、田渕様は上郡様に会われるため中座なさいました」

言ってから、「ただ……」と青楽は言い足した。

「田渕様は、ご迷惑そうなご様子でした」

「できれば会いたくない相手だった、ということか」

青楽は「そのように見えました」とやや曖昧《あいまい》に答えた。堀や大垣によれば、上郡は声を荒らげていたようだから、愉快な話でなかったのは確かだろう。上郡に会うのが楽しみになってきた。

「それで、田渕殿が中座されている間のことだが」

新九郎は一番聞いておきたいことへと進んだ。

「二人とも、座敷で待っておられたのかな」

「ああ……いえ、大垣様も私も、別々に座敷を離れた時がございます」

うむ、と新九郎は頷いて見せる。

「先に席を外したのは」

「大垣様でございます。厠だろうとは思いましたが、しばらく戻られませんでしたので、私も少しの間、座敷を出ました」

「何をしに出たのかな」

厠と言ったら、大垣と出会わなかった矛盾を突くつもりだったが、青楽の答えは違った。

「はい、その……」

青楽は俯き、しばし言い難《にく》そうにしてから口を開いた。

「実は、上郡様と田渕様のご様子をそっと窺いに」

何、と新九郎は青楽を睨《にら》んだ。

「盗み聞きしに行ったと申すか」

「ああ、いや」

青楽は困ったように眉を下げる。

「盗み聞き、と言われましてはそれまでですが……何か揉め事になるのではないか、と田渕様のことが気になりまして」

「揉め事か。青楽殿は、上郡殿を知っておられたのか」

「いえ、存じません。なのでどんな御用で来られたか見当が付かず、声を荒らげておられた様子でしたから余計心配になりまして」

「その心配は、堀殿ら家人がすべきところだろう。上郡殿との関わりを与《あずか》り知らぬそなたが出しゃばっても、詮無いこと」

「おっしゃる通りでございます。ですがあの時は、どうも気になりまして。虫の知らせとでも申しましょうか」

　直後に田渕道謙は殺されたのだから、言いたいことはわかる。しかし今のところ、上郡が何かやったという話は出ていない。

「それで、どんな様子だった」

　盗み聞きしたのなら、何を耳にしたか聞かない手はない。だが青楽は、済まなそうに言った。

「それが、人の気配はするものの、全く静かだったのです」

「静か？　話はされていなかったのか」

「はい。どうも、田渕様は部屋を出られていたのではないかと」

そうか。青楽が様子を窺いに行った時、道謙は既に庭に出ていたわけか。だとすると、ぎりぎり厠から戻る大垣と入れ違いだったことになる。しかし、上郡を置いてなぜ庭に出る必要があったのだろう。

さらに詳しく聞いてみたが、堀や大垣の話と大きく食い違うことはなかった。

「わかった。では、最後に一つ尋ねる。そなたから見て、田渕殿はどのようなお方であったか」

「どのような、と」

青楽は首を傾げたが、趣旨はわかったようだ。僭越《せんえつ》ながらと遠慮しつつ、思うところを述べた。

「物の事訳《ことわけ》を、よくお分かりのお方でした。何事にも思慮《しりよ》深く、武辺《ぶへん》のお方のように荒ぶることもまずございませんでした。我ら商人に対しても尊大なところはなく、太閤殿下の覚えもめでたかったと聞き及びます」

要するに、やはり殺されるような人ではない、ということか。大垣の評とほぼ同じである。田渕道謙は、至極《しごく》真っ当な人物だったようだ。

気付くと、日は傾きかけていた。この時分は昼餉《ひるげ》の習慣はないようで、少々腹も減ってきている。それ以上聞くことは思い付かなかったので、新九郎はまた尋ねることがあるかもしれぬと言い置くと、鶴之屋の主人にも礼を言って通りに出た。遠くから遊郭《ゆうかく》のものらしいさざめきが聞こえて来た。

新九郎は、急に江戸が恋しくなった。普請中とはいえ伏見も賑やかだが、江戸の賑わいには及びもつかない。蕎麦《そば》や煮物、天婦羅《てんぷら》の匂いが、鼻腔《びこう》に甦った。

許嫁の志津の顔が、目に浮かんだ。俺は本当に、無事に江戸に帰れるのだろうか。

翌日、新九郎は朝から宇喜多家の屋敷に向かった。大垣や青楽と違い、上郡三郎兵衛は大名家の家臣なので大名屋敷に出向かねばならない。さすがに新九郎は緊張した。

堀は宇喜多中納言様と言っていたが、後で聞くと当主宇喜多秀家《ひでいえ》は去年権中納言《ごんのちゅうなごん》に叙《じょ》せられたものの、その年のうちに辞しているそうだ。どうもややこしくていけない。だが中納言だろうが何だろうが、五十七万石の大大名には違いないのだ。普請中の屋敷も、どこまで塀が続くのかという大きさだった。

気圧《けお》されないよう胸を張り、門番に来意を告げた。門番は一旦引っ込み、頭を伴って戻った。門番頭は概《おおむ》ね用向きを解したようで、こちらへと新九郎を門内に通した。奥の方に母屋に当たる御殿が見えたが、無論そちらへは行かない。家臣の詰める長屋の方へと回った。

案内された上郡の住まいは、思ったほど広くなかった。座敷は三つばかりで、仮住まいの趣きだ。扶持は八百石ということだから、国元にはそれなりの屋敷があるのだろう。

「治部少輔殿のお指図か。咎人《とがにん》は捕らえたと聞くのに、今さら何だ」

上郡は、のっけから機嫌が良くなかった。武辺者《ぶへんしゃ》らしいいかつい髭面で、値踏みするように新九郎をじろりと睨みつけてくる。面倒臭そうな奴だな、と新九郎は内心で顔を顰めた。

「確かにそれらしき者は捕らえ申したが、幾つか疑わしき点もあり、治部少輔様のご意向によりあの場でのことを再度検《あらた》めております」

三成の意向、と言われると上郡も逆らえないようだ。「何を聞きたいのか」と苛《いら》ついた顔で言った。

「あの日、田渕道謙殿を訪ねられた用向きとは、どのようなもので」

用向き、と問われた途端、上郡の眉が吊り上がった。

「御家の大事である。それ以上、貴公に言う必要はない」

やれやれ、やっぱりか。

「その用向きで田渕殿を訪ねられたのは、あの日が初めてでしょうか」

「いや、何度も参っておる」

なるほど。何度も行っていて、しかも声を荒らげていたなら、事は思い通りに運んでいなかったのだ。何か要求していたのに道謙が首を縦に振らなかった、というところではないか。それでも上郡が執拗《しつよう》に何度も来るので、あの日も道謙は嫌々《いやいや》仕方なく会ったのだろう。宇喜多五十七万石を背にしているのだから、無下《むげ》に追い返すこともできなかったわけだ。

「あの日、ご貴殿が訪れた時、先客があったのはご承知でしたか」

「知っておる。大垣玄蕃殿と、真山青楽だな」

「お二人とも、お知り合いでしょうか」

「いや、大垣玄蕃殿は知っているが青楽と会ったことはない」

「田渕殿は、お二人と面談されていたところ、上郡殿が来られたので中座し、お会いになったということですが」

「左様、こちらの用件の方が大事に違いないからな。それがどうしたと言うのだ」

せっかちな性分《しょうぶん》らしく、上郡はまた苛立った声を出した。新九郎は慌てず進める。

「ご貴殿と面談中にも、田渕殿は中座されたそうですな。それきり、戻られなかったと」

「いかにも」

「田渕殿は、その間に殺されました。田渕殿が中座される前後のことを、詳しくお伺いいたしたい」

「何と？」

上郡はむっとして新九郎を睨んだ。自分が疑われたとでも感じたようだ。だが、少しの間黙って見つめ返してやると、さすがに落ち着いたらしく、ふんと息を吐いて話し始めた。

「大事な用向き故《ゆえ》、田渕道謙殿と二人差し向かいで話した。少々熱が入り、声が大きゅうなったかもしれぬ。しばし話し合ううち、襖《ふすま》の向こうから誰かが田渕殿に声をかけた。田渕殿は話を途切れさせ、ほんの僅か襖を開けてその者から何か囁《ささや》かれておったが、頷いて一旦襖を閉め、儂に向かって、大事の知らせのようなので失礼する、と言い置いて出て行ったのじゃ」

「誰かが声をかけた？」

これは新しい話だった。

「その誰かは、ご覧になりましたか」

「いや、田渕殿の背中と襖に隠れておったのでな。まあ、田渕殿の家人であろう」

堀も家人たちも、上郡と対座中の田渕道謙を呼んだなどとは言っていなかった。

「男でしたか、女でしたか」

問われた上郡は、すぐ答えようとして、おやと首を傾げた。

「さて、それは……男だったと思うたが」

「女でない、とまでは言い切れぬと」

「声がはっきり聞こえたわけではないのでな」

男で甲高い声の者もいるし、女で太い声の者もいる。田渕道謙の家人でも、堀の声は年の割りに高いし、左馬介を見たと言った多江という侍女は、女としては低い声だった。姿を見ず微《かす》かな声だけで判別するのは、案外に難しいものだ。

「田渕道謙殿が出られた後は、お一人で座敷に居られたのですな」

「うむ。誰も来ず、ほったらかしにされておった」

それが不快だったらしく、上郡は腹立たし気に言った。

「一度、襖の向こうで様子を窺うような気配があったが、それも誰とはわからぬ」

それは青楽だったのだろうが、新九郎からそのことは言わなかった。

「田渕殿以外、上郡殿の座敷に入った者はおりませんか」

「居らぬ。初めに茶を運んで来た侍女だけじゃ」

つまり、田渕道謙が中座してから死骸が見つかるまで、誰も上郡の姿を見ていないということか。

「では、一人でお待ちになっているうち、騒ぎが起きたということですか」

「左様じゃ。いつまでもおとなしく待っておるわけにもいかず、襖を開けて堀殿を呼び、田渕殿はどうしたと文句を言った。堀殿はすぐ捜して参りますと言って奥に入ったが、叫び声が聞こえたので何事かと首を出した。すると、奥から家人どもが走ってくる。儂も急いで一緒に廊下から縁側に出てみたのだが、ちょうど堀殿らが咎人を捕らえたところであった」

何の騒ぎかと思ったのだが、地面に田渕殿が倒れ伏しているのを見て、驚愕《きょうがく》した次第じゃと上郡は言った。これについては何人もが同じことを述べているので、特に疑いはない。

「よくわかりました。お手間を取らせました。誠にかたじけない」

新九郎が頭を下げると、上郡は少し気を良くしたようだ。

「あの捕らえられた男、湯田某とか申したかな」

「湯上谷左馬介でござる」

「まさにその場を押さえられた、と見えたが、治部少輔様には何かご不審でもあるのか」

「詳しくは申せませぬが、いささか道理に合わぬ点がございまして」

ほう、と上郡は眉間に皺を寄せた。が、あまり頭の回る方ではないらしく、

「よくわからんな」とだけ言った。

「ところで、今一つお尋ねいたしますが、上郡殿から見て田渕道謙殿はどういうお方でしたか」

「そんなことを聞くのか」

上郡は訝しむ様子であったが、すぐ顔を歪め、吐き捨てるように言った。

「あの男は、曲者《くせもの》じゃ」

「は？　曲者とは」

新九郎は少し驚いた。どうも上郡は道謙を嫌っていたようだ。

「どうにも嫌味で、儂が幾ら事訳を説いて物事を頼んでも、鼻先であしらいおる。太閤殿下の覚えめでたきをひけらかしおって、実に鼻持ちならぬ奴じゃ。相当な賂《まいない》を取っているとの噂もある。腹黒い男よ」

何とまあ、と新九郎は呆れた。大垣や青楽の評と、真逆ではないか。いったいどちらの言うことが正しいのだ。

「その湯上谷とやらいう男も、田渕道謙殿に積もる恨みがあったのではないか。よく調べてみよ」

上郡は、そんなことまで言った。

六

光運寺に帰った新九郎は、聞いた話を書き留めるため、寺僧に頼んで紙と筆を持ってきてもらった。堀ら家人と三人の客人からの話は、よくよく吟味《ぎんみ》すると合致しているところと食い違っているところがあるのだ。

時の順に、起きたことを並べてみる。まず、昼前に左馬介が田渕道謙の屋敷に来て、門前払いされた。悪態をつきながら去るところを、侍女の多江に見られている。その後、大垣玄蕃が途中で出会った真山青楽と共に訪れ、座敷で道謙と会った。その最中、上郡が来たので、道謙は気が進まないようだったが中座し、別の座敷で会った。ここまでは、まず確かだ。が、この後が嚙みあわない。

上郡によると、誰かが呼びに来て、道謙は座敷を出た。だが堀の話では、道謙が出て行くのを見た者はいない。では、道謙を呼び出したのは誰だ。

呼び出された道謙は、おそらく廊下から縁側に回り、庭に下りた。新九郎が通された客座敷と次の間が庭に面しているが、そこには誰もいなかった。また、茶室も無人だった。しかし道謙は、頭を茶室の方に向けてうつ伏せに倒れていた。茶室に向かっていたようだが、大垣と青楽のために茶を点《た》てるなら、上郡が帰ってからにするはずだ。何をしようとしていたのか。

一方、大垣と青楽と上郡は、それぞれ一人になって誰にも見られていない時があった。大垣は厠へ行って庭を見ていたと言ったが、その間誰にも出会っていない。青楽は上郡の居る座敷の様子を窺いに行ったと言うが、上郡はその気配を感じただけで姿を見てはいない。その上郡は一人で座敷で待っていたと言うが、誰も覗いたわけではない。敢《あ》えて言うなら、三人とも道謙を殺す機会はあったのだ。

田渕道謙は、自身の脇差で刺されていた。道謙は武勇の者ではないから、不意を突けば難しくはないだろう。例えば、道謙より大柄な者が後ろから首に腕を回して絞め上げ、もう片方の手を前に伸ばし、脇差を抜いてそのまま突き刺す。これなら道謙は、声も上げられまい。江戸でなら、そこまでやってのける手練《てだ》れは多くはないが、戦国の終わりの今なら、そこら中に幾らでも居る。青楽だって、見た目より強いかもしれない。手口からは下手人は絞れない。

そいつは、道謙を襲う直前まで身を潜めることはできたのか。庭を思い出してみる。裏木戸のところから塀に沿って、幾つか植え込みがあった。隠れられないことはあるまい。もし客人たちでなく外から入ってきた何者かだとすると、裏木戸が開いていたなら、左馬介より先に邸内に入って道謙を殺し、逃げることはできたと思える。

しかし、と首を捻る。そいつは道謙を待ち伏せていたことになるが、道謙が庭に出てくるとどうしてわかったのか。客人たちの話からすれば、道謙が庭に出たのは急なことだったはずだ。

それにしても左馬介は、間の悪いところに来合わせたものだ。ほんの少し早ければ下手人と鉢合わせしただろうし、ほんの少し遅ければ、彼が裏木戸を入る前に堀が死骸を見つけていただろう。まったく……いや、これは本当に偶然なのか。まだあるぞ、と新九郎は指で筆を弄《もてあそ》びながら考える。田渕道謙の人となりだ。一人の人間についての評が、なぜ真逆になる。大垣と青楽と上郡、それぞれの立場の違いで、道謙の接し方が変わっていたのだろうか。

新九郎は、うーんと独りで唸った。これについては、三人以外の誰かに道謙の評判を聞いてみるしかない。だが、良霍和尚は道謙と面識がないそうだ。奈津姫も、直に会ったことはないと言っていた。となると、新九郎がこの地で話を聞ける心当たりは、一人しかいない。

「何、田渕道謙殿か。うむ、存じておるが」

新九郎に尋ねられた尾野忠兵衛は、考えることもなく頷いた。

「先日、災厄《さいやく》に見舞われて亡くなったと聞いたが」

尾野は遠回しな言い方をした。新九郎は構わず、もっと直截《ちょくせつ》に言う。

「何者かに殺されました。湯上谷左馬介と申す者が捕縛されましたが、これは奈津姫様近くに仕えた鶴岡家の家臣で、それがしもよく知る者です」

「ほう、そうであったか」

尾野は目を丸くした。

「それでは、奈津殿もご心痛であろう」

「はい。それで、それがしが深く関わることと相成りました」

新九郎はこれまでの経緯《いきさつ》を、おおまかに尾野に伝えた。尾野の目が、さらに丸くなった。

「治部少輔様が、お墨付きまで出されたと。これは驚き入った次第」

尾野は感心するような、面白がるような顔で新九郎を見た。

「奈津殿の信が篤《あつ》いだけでなく、駆け引き上手でもあるようじゃの」

「恐れ入りまする」

新九郎は頭を掻いた。

「それで、実はお伺いいたしたき儀がございます」

新九郎は、道謙の人物評が見事に割れていることを話した。尾野は首を傾げる。

「片や好漢、片や腹黒い曲者、か。なるほど、のう」

さてどう申したものか、と尾野は腕を組んだ。

「まあ、裏表のあるお人、と言えば良いかな」

「それはつまり、相手或いは事情によって、対応が変わるということでしょうか」

江戸の奉行所にも、そういう人物は居る。上にへつらい下に厳しい、という役人は数多い。

「漏れ聞くところでは、近しい者とか都合のいい相手には世話好きの如く振る舞い、立場の弱い相手には居丈高《いたけだか》に出て、賂《まいない》を求めたりする。そんなお方だったようじゃ」

そうか。自分と同様太閤に近い大垣や、様々なところに顔が利いて金もある真山青楽には愛想がよく、頼み事などをする立場の上郡や左馬介にはきつく当たっていた、ということなのだろう。ならば双方の評が真逆になるのも得心がいく。

「だとすると。田渕殿に恨みを抱いていた者も、少なからずいたでしょうな」

「うむ、滅多《めった》なことは言えぬが、そうであってもおかしくはなかろう」

尾野の言葉は幾分慎重だったが、目はそうに違いないと言っていた。

「しかし、前中納言宇喜多様といえば太閤殿下のご一門。そのご家来衆なら、田渕殿も粗略《そりやく》には扱わぬと思うたが」

尾野は首を振りつつ、声を落として言った。

「もしかすると、田渕殿は我が身を過信して尊大になり過ぎたのやもしれぬの」

おそらくその通りなんだろう、と新九郎も思った。ちょっと出世しただけで勘違いする輩は、いつの時代でも居るものだ。

「尾野様は、いろいろと世事《せじ》にお詳しいようですが」

そんな風に持ちかけると、尾野は何をまた、と笑った。

「大した御役目もなく、暇なだけでござるよ」

「そこを見込んでお尋ねいたしたく」

新九郎は尾野を持ち上げるようにして問うた。

「上郡殿から田渕殿への大事な用向きとは、どのようなものだったと思われますか」

「はて、上郡殿の用向きか」

尾野はしばし考え込んだ。

「そうですな。田渕殿が中座してまで会われる大事なこととすれば、主家に関わることでござろう。宇喜多家からの頼み事のようなものであれば、田渕殿も軽くは扱えまい」

しかし、と尾野は続けた。

「宇喜多家にとって大きなことであれば、ご当主様より太閤殿下に直々に申し上げるであろう。田渕殿などが介することはないはず。上郡殿の石高はいかほどであったかな」

「八百石と聞きまするが」

「それであれば重臣とは言えぬ。そのお人が担う用向きであれば、田渕殿次第でいかようにも匙《さじ》加減できるものだったのではないか」

「では、上郡殿に賂を求めていたかもしれないと」

「かもしれぬ。だが、だとすると田渕殿自身の匙加減もまた難しい。あまり理不尽なことをして前中納言様を怒らせると、田渕殿など弾《はじ》き飛ばされてしまうからの」

それで門前払いもできず、嫌々ながら相手をしていたというわけだろうか。

「さらに詳しくお知りになりたければ、宇喜多家の事情をよく知るお人を紹介申し上げよう」

「え、それは助かります」

尾野は相当に顔が広そうだ。ならばこの際、ついでに……。

「恐れ入りますが、大垣玄蕃殿と真山青楽殿のご事情に詳しい方も、ご存じであれば……」

尾野は目玉をぐるぐる回した。

「これはご注文が多いお方じゃ」

それから少しばかり考える風にして、独りで頷くと新九郎に言った。

「大垣殿と青楽殿については、儂もよく存じておる。儂が知っておる限りのことは、お話しいたそう」

「それはかたじけない。しかし、構わぬのですか」

新九郎が恐縮すると、尾野は悪戯《いたずら》っぽく笑って見せた。

「まあ、治部少輔様の顔を潰すわけにはいかぬからの」

尾野はまず、大垣玄蕃について語った。

「太閤殿下のご近習としては古株の方じゃが、近頃は少し、鬱々《うつうつ》とするところがあるように聞いておる」

「鬱々と、ですか。しかし、お会いした限りでは、そうは見えませんでしたが」

新九郎は、大垣のゆったりした容姿と明快な話し方を思い出して、首を傾げた。

「さもあろうな。こう申しては何だが、外面には気を遣うお人じゃから」

不満は内に秘め、周りには好人物として振る舞っているというのか。だとしたら、見かけより複雑な男だ。

「大垣殿は何か、気に入らぬことがおありなんでしょうか」

「うむ。このところ、太閤殿下から遠ざけられているらしい」

「殿下のご機嫌でも損じられたので？」

「いや……これはしかとはわからぬが、実は田渕道謙殿の策ではないかとの噂がある」

「え、田渕殿が」

新九郎は目を見開いた。

「玄蕃殿について、田渕殿が殿下に何か讒言でもされたのですか」

「いやいや、そんなことは誰も言うておらぬ」

尾野は慌てて打ち消した。

「田渕道謙殿が大垣玄蕃殿を陥《おとしい》れたとか、そんな風に思われては困る。ただ、大垣殿が殿下から遠ざかった分、田渕殿が殿下に近くなった、とは言える。それで、いろいろ言う者が出ておるのであろう」

どうも微妙な言い方だな、と新九郎は思った。尾野はできるだけ波風を立てまいとしているようだ。

「大垣殿としては、面白くないでしょうな」

確かめるように持ちかけてみると、尾野は不承不承《ふしょうぶしょう》、頷いた。

「それで田渕殿に恨みを抱く、とはさすがになかろうが」

尾野はそう言ったものの、危惧《きぐ》はしているように聞こえた。そんな事情がある
なら、大垣が太閤の考えを聞こうと田渕道謙に相談に行った、というのは妙だ。

大垣としては、誰があんな奴に頼るものか、と思うのが自然だろう。

「さて、次に真山青楽殿のことじゃが」

新九郎が考え込んでいると、尾野の方から言った。

「田渕殿との関わりを言われるなら、まず金であろうな」

金？　そりゃまあ、茶人であるより先に商人なのだから、金が関わるのはおか
しくないが。

「儲け話のようなことですか。それとも借財のようなことでしょうか」

「借財じゃ。真山青楽殿は、あちこちに金を貸しておる。大名の方々にもじゃ」

ふうむ。札差《ふださし》を始めとする江戸の大店《おおだな》が、いわゆる「大名貸し《だいみょうがし》」で多くの大
名家を借金漬けにしているのは誰もが知る話だが、二百年前も事情は変わらぬと

見える。

「田渕道謙殿も、結構借りておるはずじゃ」

「え、それは知りませんでした」

真山青楽は、田渕道謙に金を貸し込んでいるとは一言も言わなかった。訪問の用向きも、茶のことは方便で、借金に関する話だったのではないか。棗《なつめ》を見せる云々《うんぬん》より、その方が余程納得できる。

堀弥兵衛も、田渕が真山青楽から借金しているとは言わなかった。それはわかる。他人の新九郎に主君の負い目について、自分から話そうとはするまい。だが青楽は、何故隠す必要があるんだ。道謙の名誉のためか。いや、そんな配慮など青楽がする義理はあるまい。それとも、何か特別な理由があるのか。新九郎の考えは様々な方向に飛び、一向にまとまらなかった。

翌朝、尾野に書いてもらった新九郎を紹介する添書《てんしょ》を持って、上郡についての話を聞くために出かけた。きちんと書状を出して了解をもらってからにすべきところだが、三成から与えられたのは十五日。既に三日を費やしているので、悠長なことはしていられない。

　宇喜多家の事情に詳しいというのは、中八木内蔵助《なかやぎくらのすけ》という人物だった。加古川《かこがわ》城主糟屋内膳正武則《かすやないぜんのかみたけのり》の家臣だそうで、宇喜多家の家臣たちと親交があるとのこと。ただ、糟屋内膳正は近日中にご加増《かぞう》の沙汰があるらしく、立て込んでいるかもしれないという。少し遠慮しつつ、伺候《しこう》してみた。

「いやいや、治部少輔様の。それはそれは、何かと大変でござろう」

　糟屋家の屋敷内は確かに忙しそうであったが、尾野の添書を読んだ中八木は、上機嫌で新九郎を迎えた。主君がいよいよ大名に列せられる、というのだから、無理もない。これは案外、口も軽くなっているのでは、と新九郎は期待した。

「当家も少々慌ただしいが、お気になさらず」

「いえいえ、伺っております。此度は誠に、おめでとうございます」

　うむうむ、と中八木は満足そうに頷く。

「痛み入る。で、お話というのは宇喜多家の上郡三郎兵衛殿のことであったな」

「はい。上郡殿をご存じですか」

「存じておる。で、かの上郡殿が亡くなられた田渕道謙殿のところへ出入りしておった件、ですな」

「何かお聞き及びでしょうか」

「うむ。所領《しょりょう》の話であろう」

八百石の陪臣が自分の所領について、太閤の側近に何か頼むなどということはあるまい。

「宇喜多家の所領について、何か申し入れたのでしょうか」

「いやいや、申し入れたというほどのことではない。大名の所領については、太閤殿下がお決めになること」

ああ、それはそうだ。この時分には老中《ろうじゅう》なんて言葉はいない。大名の処遇などは秀吉が自分で決めているのだろう。それでも何もかも一人で目配りはできないから、何らかの形で石田三成や増田長盛ら側近の意向が働くに違いない。であれば、田渕道謙にも何かする余地があったのかもしれない。

「上郡殿は、どうも田渕道謙殿を通じて太閤殿下のお考えを探ろうとしていたようだ」

「その所領についてのお考えを、ですか」

左様、と中八木は応じた。

「して、それはどちらの」

その問いには、中八木もちょっと答え難そうに身じろぎした。その上で、さして必要もないのに声を低めて言った。

「播磨の、青野城じゃ」

ほう、と新九郎は目を瞬く。

「鶴岡式部様のご領地ですな」

「その通り。どうも上郡殿は、重臣の方々の意を受けて式部殿の領地を宇喜多家に賜《たまわ》れぬかと探っていたようじゃ」

「改易を見越して、ということですか」

「左様じゃ。式部殿が前関白に近かったというのは周知のこと。此度の謀反の件で、式部殿が連座すると見て早めに動き出したのであろう」

なるほど。そりゃ宇喜多の殿様だって、太閤に向かって、鶴岡式部をさっさと改易にしてその領地をくれ、なんてもろには言えないわな。で、自分でお願いをする前に、下っ端を使って搦手《からめて》から探りを入れさせたわけか。田渕道謙としては、いい迷惑だったかもしれねえな。

「ただ、田渕殿に目を付けて話を持ち掛けたはいいが、いささか多めに求められたらしい」

中八木は懐を叩いて見せた。やっぱり上郡は多額の賂を要求されていたのか。

なら、声を荒らげたくもなるだろうぜ。

「上郡殿は、それに怒っておいでではしたか」

「それはまあ、のう。あの御仁も、短気であるしな」

中八木は肩を竦めるようにして、言った。

「儂にわかるのは、そのくらいだな」

最後に中八木は思わせぶりな顔になり、治部少輔様には何卒《なにとぞ》よしなに、と付け加えた。


糟屋家の屋敷を出てしばらく歩いたところで、尾《つ》けられているのに気付いた。別に驚きはしない。石田三成の配下だろう。お墨付きまで渡したからといって、俺を野放しにはしておくまい。見張りを付けるぐらいは当然で、同じ立場なら自分だってそうする。

知らんぷりで、光運寺に帰る道筋を歩いた。一旦落ち着いてから、また頭の中を整理するつもりだ。が、少し歩くうちに尾けている気配が強くなり、足音までわかるようになった。これは隠れている風ではない。俺に何か用なのか。

いきなり立ち止まり、振り返った。尾けていた相手も、立ち止まった。見ると、百姓町人に身をやつした者でも、武家の小者でもなかった。立派な身なりの年配の偉丈夫《いじようふ》が、新九郎を見下ろすかのように立っていた。眼光鋭く新九郎を見つめ、口元には微かに笑みが浮かんでいる。害意は感じられなかった。

「何かご用かな。ご貴殿は」

五十くらいと見える侍は、問われて軽く頭を下げた。

「瀬波新九郎殿ですな。石田治部少輔が家臣、島左近《しまさこん》と申す」

新九郎は目を剝きそうになる。「治部少に過ぎたるものが二つあり　島の左近と佐和山《さわやま》の城」。関ヶ原などの戦記物でお馴染みの、あの男か！

「ご高名《こうみよう》は耳にしております」

咳払いして気を静めてから、言った。

「恐れ入る。我が主が、よろしければお会いしたいとのこと。ご同道いただけるか」

よろしければ、と言うが、否とはまず言えまい。新九郎は「承知仕った」と答え、左近に従った。

玄関で左近から家人に引き継がれ、客間に通された。さほど待たされることもなく、三成が姿を見せる。

「調べは進んでおるか」

座るなり、いきなり問うてきた。新九郎も、すぐに応じる。

「幾らかは。湯上谷左馬介の仕業でないとはほぼ確信しておりますが、では誰が、となりますとまだ、しかとは」

「目星がつかん、ということか」

「と申しますより、殺す理由も機会もある者が一人ならず居り、絞れておりませぬ」

ほう、と三成が幾らか感心したような様子を見せた。五里霧中《ごりむちゅう》で途方に暮れている、とでも思っていたなら、八丁堀を舐めるなと言いたい。

「あの時、屋敷に居た者を疑うておるのか」

「湯上谷以外に外から入った者がいない、とも断じることはできませぬ。しかし、客人が三人もあったのは偶々《たまたま》と言えるかどうか」

隠し立ての必要はないと思い、新九郎はこれまでにわかったことを披露した。三成は、最後まで黙って聞いていた。

「なるほど。大垣玄蕃、上郡三郎兵衛、真山青楽のいずれにも、疑いありということか」

「あくまで疑いのみですが」

三成は、ふむ、と首を傾げる。

「大垣玄蕃については、そのような料簡《りょうけん》の狭い男ではないと思うが」

「田渕道謙殿を恨むようなことはないと？」

「田渕のせいで自分が遠ざけられたなどと、口にしておったとでも言うのか」

「いや、あくまで噂です」

尾野も、そこはだいぶ慎重に話していた。三成はまた首を傾げかけたが、「まあ良い。そのまま調べを続けよ」と言った。三成も、これと言って確信はないようだ。

「せっかくお呼びいただいたので、治部少輔様にお尋ねいたしますが」

臆せずに言うと、三成は眉間に皺を寄せた。

「何だ」

「宇喜多様が鶴岡式部様の所領をご所望《しょもう》、という話は真《まこと》にございますか」

一瞬、三成の目が丸くなった。が、すぐに表情を引き締め、口調を強めて言った。

「それは政《まつりごと》の話じゃ。答えるつもりはない」

「左様でございますか。ご無礼仕りました」

新九郎は、素直に引き下がった。

「改めて申すまでもないが、期限までに誰の仕業か判明せねば、それまでじゃ」

終わり際、三成は念を押した。期限を延ばす交渉はできない、ということだ。

もしかすると、三成も上から期限を切られているのかもしれないな、と新九郎は思った。


三成の屋敷を出た新九郎は、光運寺に帰る道筋を歩き出して、ふと足を止めた。まだ日は高い。次は何を調べようかと思ったが、もう一度、道謙の屋敷に行ってみるか。新九郎は踵《きびす》を返し、武家屋敷の連なる方へと戻って行った。

「おや、これは瀬波様。またお調べにございますか」

玄関に応対に出た堀は、新九郎を見て僅かに顔を引きつらせた。これ以上、あまり引っ掻き回してほしくないらしい。主が戦以外の場で殺されたことは不名誉なので、早く片付けて新しい雇い主を探したいのだろう。一瞬、真山青楽からの借金について確かめようかと思ったが、やめておくことにした。それは青楽に質せばいい。

「そう手間は取らせぬ。多江を呼んでくれるか」

新九郎は、先日の調べの際、左馬介を見たと告げた侍女の名を挙げた。再度話を聞こうと思ったのは、家人の中で唯一自ら進んで話をしたからだ。この女なら、気付かぬままに大事なことを目にしているかもしれない、という勘が働いたのである。

多江は、すぐに出て来て廊下の床に両手をついた。新九郎は堀を下がらせ、多江に近くへ、と手招きした。多江は不安そうな表情を浮かべたまま、新九郎の前に進んで再び両手をついた。

「硬くならんでいい。もう一度、あの日の話を聞きたいと思ってな」

できるだけ優しい声で言った。堀の話では、多江は二十一で寡婦《かふ》、夫は先年病死、伝手《つて》があってこの田渕道謙の伏見の屋敷に来たという。下働きの女衆《おなごし》より格上で、奥向きの用事をしているそうだ。客人に茶などを出すのは、多江であった。

「はい。どのようなことでございましょうか」

やや低い声で言ったが、恐れているのではなく地声のようだ。上郡はこの声を男と間違うことがあるだろうか。ない、と思ったが、確信はなかった。

「三人の客人に茶を出したのは、そなたか」

「左様でございます」

「その時、三人はそれぞれどんな様子であった。怒っておるお方は、居らなんだか」

「怒って、と申しまして……あの、後からお越しの上郡様というお方は、ご機嫌が悪《あ》しゅう見えましたが、先のお二方は穏やかでいらっしゃいました」

今までに聞いている話と同じか。だが多江も、見るべきところは見ているようだ。

「田渕殿が庭に出るところは見ておらぬ、ということであったな。では、先のお二方が座敷を出て、上郡殿の座敷に入るところは見たか」

「はい、それには気が付きました。厠の側との間には小さな中庭がございますが、それ越しに、奥からでも見えることはございます」

「大垣殿は、座敷を出て厠へ行き、帰りに庭を見ていたとのことだ。その姿は、見えたか」

「いいえ、それは見ておりませぬ。廊下で庭を見ておられたなら、それは奥からでは見えませぬ故」

「真山青楽殿が一度座敷を出て、上郡殿の座敷の様子をそっと窺《うかご》うた、と申しておる。その姿は、見えたか。死骸が見つかって騒ぎになる、少し前だと思うが」

「真山様が、ですか。ああ……はい、それらしきお姿は見たように思います」

やはり多江は、ある程度のことを見ていたのだ。だがそれは、大垣ら三人の話を上書きするだけで、疑いを呼び起こすものはなかった。ただ、多江の答え方には多少のぎこちなさが感じられた。緊張しているだけか、何か意味があるのかはわからない。

「真山殿は、その後すぐ自分の座敷に戻ったのだな」

「左様でございます」

ここまで聞いて、新九郎は軽く嘆息した。思い付いて来てみたものの、特に得るところはなかった。やはり光運寺に戻って、頭を休めてから考えるとしよう。

だがそこで帰ったことを、翌日新九郎は大いに後悔する羽目になった。

七

翌朝、新九郎が目覚めるのとほぼ同時に、若い寺僧の一人が慌ただしく襖を叩いた。

「瀬波様、お目覚めでございましょうか」

呼びに来られたのは初めてだ。新九郎はすぐ起き上がって、「おう」と返事をした。

「田渕道謙様のご家中の、堀様とおっしゃる方のお使いが来られました。すぐに屋敷まで来ていただきたいと」

「わかった、すぐ行く」

新九郎は夜具をはね飛ばした。こんな早朝からすぐに来いとは、異変が起きたに相違ない。小袖と袴を着けて腰に大小を差すと、寺を飛び出した。

伏見は大きな町だが、端から端まで歩いても四半刻程度だ。突っ走ると、田渕道謙の屋敷にはあっという間に着いた。が、新九郎を呼びに来た小者は表門を通り過ぎると、裏門へ回った。庭の裏木戸とは別の厨に商人や百姓が出入りするのに使う出入口だ。嫌な予感がする。新九郎はその後に続いて裏門に走り込んだ。

裏門から屋敷に入ると、湯殿の隣の土間に五、六人が集まっていた。その先では、家人たちが固まって怯えた顔でこちらを見ている。土間に堀の顔を見つけ、新九郎は足を踏み入れた。

「堀殿。何事でござるか」

顔を向けた堀は、新九郎を見て憂慮と安堵が一緒になったような表情を浮かべた。

「おお、瀬波様。変事でござる」

堀と一緒にいるのは、六尺棒を立てた足軽たちであった。陣羽織を着た組頭もいる。その連中が、一斉に新九郎を見た。

「ご貴殿が瀬波殿でござるか。拙者は城番配下の、小菅利右エ門《こすがとしえもん》と申す」

濃い髭を蓄えた組頭が言った。態度が丁重なところを見ると、新九郎が何者かは堀から聞いているのだろう。

「まずはご覧下され」

小菅は、土間の筵を指した。足軽の一人が跪《ひざまず》き、筵をめくる。新九郎は唇を嚙んだ。そこにあったのは、多江の死骸だった。

「明け方、城の北側の空堀《からぼり》から少し離れた木の陰で見つかりました。刺し殺されておりましたので、辺りを調べておりましたところ、こちらの屋敷の者が夕方から侍女が一人見えなくなったと捜し回っておりましたので、もしやと思い、その者を摑まえて確かめさせたところ、こちらの侍女に相違ないと」

小菅は、見つかった時そのままの姿で運び入れております、と言った。新九郎は死骸に手を合わせてから、脇にしゃがんで何があったか調べ始めた。

多江は小袖を半分脱がされたような姿で、露《あら》わになった胸の真ん中辺りに、刺し傷が二つあった。脇差を使って二度刺したのだろう。一刺しでは急所を捉えられなかったようだ。薄茶色に山茶花《さざんか》をあしらった小袖は裂け目が入り、腰の辺りまでが血に染まっていた。

「拙者が見まするに、夜に空堀沿いの道を歩いているところを、襲われたもののようで。銭などは見当たりませんから、手籠《てご》めにしようと押し倒して着物を脱がせにかかったが、抗《あらが》われて腹立ちのあまり刺し殺してしまった。女が死んだのを見て、慌てて金を奪って逃げた。そんなところでありましょう」

各地から人足を大勢集めておるので、賊紛《まが》いの者共《ども》も交じっておりますからな、と小菅は言った。黙って終《しま》いまで聞いていた新九郎は、かぶりを振った。

「違いますな」

「は、何と？」

小菅は眉をひそめた。

「見つかった姿のまま、ということだが、着物もこのままだったのですな」

念を押すのに小菅が「間違いござらぬ」と答えると、新九郎は多江の胸を指差しながら言った。

「小袖が裂けている。小袖の上から刺したのだ、胸を開いたりせずに。それに、裾がほとんど乱れていない。手籠めにする気だったのなら、まずそっちに手を掛けるであろう」

小菅は目を白黒させた。

「で、では、どういう……」

「初めから殺す気で襲ったんだ。刺し殺した後、持っている何かを奪おうとした。着物を脱がそうとしたのは、そこに隠していないか調べるためだ。持ち物が何もない、ということは、目当てのものを首尾よく見つけて持ち去ったんだろう。財布……いや、銭袋も一緒に」

小菅は、啞然《あぜん》としていた。自分の見立てをあっさり否定されて面白くないだろうが、新九郎の言ったことには素直に驚いているようだ。ど素人《しろうと》めが、と新九郎は胸の内で舌打ちした。この連中は、城番の下で市中の警固《けいご》や見回りをする役目だろう。奉行所の定廻りに近いようだが、所詮はただの足軽、殺しの調べができるような経験も知識も持ち合わせていないのだ。今、新九郎が言ったようなことは、定廻り同心や岡っ引きなら、誰でも一目でわかる。

「おお、なるほど。いや、さすがは治部少輔様が見込んだお方。感服《かんぷく》仕った」

すっかり恐れ入った様子の堀が言った。立場がなくなった小菅は、苦虫《にがむし》を嚙み潰している。

「では、誰が何を探してこのようなことを」

小菅が問いかけた。馬鹿か。見ただけでそれがわかれば、苦労はない。

「まだわからぬが、こちらで調べておる一件に深く関わっていることは間違いない。向後《こうご》はこちらにお任せ願いたい」

小菅の顔が、明らかにほっとしたように緩んだ。面倒事はすぐにも放り出したかったに違いない。

「では、後はお任せいたす。我らは、これにて」

小菅は新九郎に一礼すると、配下を引き連れて出て行った。

多江を寺に運んで丁重に葬るよう、堀に頼んだ。近親はいるのかと尋ねると、親は既になく、一人いる兄は肥前《ひぜん》の名護屋《なごや》城に詰めているという。確か、朝鮮攻めの拠点になっている城だ。そう言えば今は文禄《ぶんろく》の役《えき》と慶長《けいちょう》の役の間の中休みだったな、と新九郎は改めて思い出した。

その兄には文で知らせておく、という堀に後を任せ、新九郎は死骸を多江だと見分けた小者を呼ぶと、死骸が見つかった場所へ案内させた。

「こちらでございます」

空堀の北側の道を進み、堀と反対側のやや窪《くぼ》んだ場所に来ると小者が指差した。太い木が一本生えている他は、低い雑木と雑草が繁っている。これだけ城に近いのだから後々何か建つのだろうが、今のところは空き地だった。

新九郎は窪地に入って跪いた。よく見ると、雑草に血が付いている。死骸を動かす前に見たかったな、と思ったが、あの足軽連中に言っても仕方なかろう。振り向いて小者に、「この辺は夜は灯《あか》りがないのか」と聞いたら、何を言ってるんだという顔をされた。

「無論、ございませぬ。ただ、城では篝火《かがりび》を焚《た》いておりますし、昨晩は月明かりもありましたので、真っ暗ということはございませんが」

ふむ、確かに普請中の城なら篝火はあるだろう。この距離だと微かに仄《ほの》明るさが届く程度か。それでも月明かりを合わせると、襲って持ち物を探る程度のことはできそうだ。

「多江は夕方から姿が見えなかったと言ったな」

尋ねると小者は、少し不安そうにしながら「はい」と頷いた。

「夕餉《ゆうげ》の後、いつの間にか見えなくなっておりました。断りもなく出て行くのは今までなかったこと、怪《け》しからぬと捜しに出ましたが、夜通し帰らず、どこへ行ったともわかりませぬ。明け方になって、さすがに変事が起きたのではと堀様もご心配になり、人手を増やして捜しに出ましたら、早々にここで……」

「そなたらの落ち度ではない故、案ずるな」

言ってやると小者は、安堵したように肩を落とした。

「ここは屋敷からそう遠くない。何かのっぴきならぬ用事ができて密かに出かけたか。さて、行く途中だったか帰る途中だったか」

新九郎は独り言を呟いた。道を西に行くと、伏見の町中だ。田渕道謙の屋敷を始め、多くの武家屋敷もそちら側にある。東の方は、城近くに武家屋敷が幾つかあり、さらに先には光運寺を含む寺社がある。多江がどちらへ向かっていたかは、わからない。だが、夕餉の後すぐに出かけたのなら、ここにはまだ人通りがあっただろう。どこかへ寄り、そこで何か大事なものを受け取った帰り、と考えた方が筋が通る。

「あちらの方には、どなたの屋敷があるのか」

新九郎は東側を指して、小者に問うた。

「はい。あの先を右手に入ると、太閤様にお近い方々の御屋敷が。ええと、まず長束《なつか》大蔵大輔《おおくらのだいふ》様、前田《まえだ》民部《みんぶ》様……」

小者は思い出しつつ、順に数えていった。

「……その向こうが……」

「うむ、そこは知っている」

新九郎は小者を制するように言った。昨日の今日だ。忘れるものか。その先にあるのは、石田治部少輔の屋敷だった。


新九郎は小者を帰すと、一人で町の方へ向かった。頭の中では、多江の行ったであろう先に三成の屋敷があることをどう解釈したものか、と考え続けていた。多江が三成に通じていた、ということはあるだろうか。しかし、何のために。まさか田渕道謙殺しに三成が一枚噛んでいる、なんてことはないだろうな、など不穏なことが頭に浮かぶ。太閤の側近たちの間で、権力を巡って人知れず暗闘が繰り広げられている、とはすぐ思い付く話だし、外れてはいまい。だが三成が噛んでいるとすると、俺を好きにさせている理由は何なのか。最初《はな》から俺など相手にせず、さっさと左馬介を打ち首にすればいいだけのことだが……。

考えを彷徨《さまよ》わせているうち、町中に来ていた。さて、と新九郎は左右を見渡す。多江が三成の屋敷の方へ向かったとしても、道筋から言うと町を通り抜けているはずだ。誰か多江の姿を見ていないか、探っておきたかった。江戸なら岡っ引き連中に任せておけばいいが、ここでは何もかも一人でやらなくてはならない。

京の町へ通じる本街道である京町《きょうまち》通りが、一番賑やかな場所である。いや、まともな大通りはまだこれしかできていない、と言った方がいいだろう。建って間もないような多くの店が軒を連ねているが、さすがに江戸の店々に比べれば粗末な造りで、瓦などはどこにも使われていない。新九郎はまず、甘酒を売る店に入った。そこが一番客が多そうだったからだ。

主人と手代を呼び、多江の人相年恰好と着ていた小袖の色や柄を伝えたが、覚えがないとかぶりを振られた。客が多くて、いちいち覚えていないというのだ。まあ、仕方あるまい。新九郎は隣の餅屋に入った。が、ここの者も覚えがないという。次の古着屋は、夕刻前には店を閉めていたと答えた。

そんな調子で六軒ばかり聞き回ったが、いずれも空振りであった。まあ江戸でだってこんなもんだよな、と頭を掻くと、腹が鳴った。そう言えば、朝餉もまだ食っていない。

だが七軒目で、運が回って来た。空堀の北を通ってくる道と本通りの四つ角の東側にある、小間物《こまもの》の店の手代《てだい》が、多江のことを覚えていたのだ。

「ああ、はい。確かにそんな方が通りました。いえ、店に来られたんではありませんが、店に入り込んだ猫を追っ払おうとして道に飛び出てしもたところ、そのお人とぶつかりまして」

慌てて詫《わ》びたが、急いでいるようですぐに行ってしまったという。

「そうか。いつ頃だったか、刻限はわかるか」

これには手代は首を傾げた。江戸の者ほどには、皆刻限を気にしていないようだ。

「店を閉める少し前ですから、酉《とり》の刻（午後六時）くらいでは、と思いますが」

多江は夕餉を終えてすぐ出かけたようだから、ほぼ合っている。新九郎は満足して頷くと、念のため聞いた。

「その女、どっちに向かった」

「はい、あちらです」

え？　と新九郎は眉をひそめた。手代がいかにも自信ありげに指したのは、西の方角だった。死骸が見つかった場所とも、三成の屋敷とも真逆だ。

「西へ行ったのか。間違いないか」

はい、間違いございませんと手代は請け合った。新九郎は当惑しながら手代に礼を言い、通りに出て西の方を見つめた。

手代の言う通りなら、多江は屋敷を出て一旦西に向かい、そこから引き返して殺された場所へ行ったと見なくてはならない。三成もしくはあの辺の誰かの屋敷を目指していたか、そこへも行って帰るところだったかまでは、わからない。しかし西に何をしに行ったのだろう。新九郎は首を捻った。あっちの方には水路と、それに面した造り酒屋が何軒かあるくらいだが……。

そこではたと気付いた。まさか、そういうことなのか？

新九郎は、鶴之屋の暖簾をくぐった。酒のいい匂いが鼻を突いたが、今は飲む気になれなかった。空き腹だからというだけではない。

応対に出た手代に、青楽に会いたいと告げた。手代は済まなそうな顔をする。

「真山青楽様は、しばらく前にお出かけになりました」

「出かけた？　どこへ」

「さあ、それは聞いておりません」

ここまで来る間に出くわさなかったのだから、だいぶ前に出たのだろう。とはいえ、まだ巳《み》の刻（午前十時）にもなってはいまい。江戸に比べてもの凄く朝が早い、ということもないだろうし、そんな早くから出かけたなら、随分と慌てていたのではないか。新九郎は、主人を呼ばせた。

「これはこれは、瀬波様で。また青楽殿にご用とか」

藤左ヱ門《とうざえもん》という主人は、驚いたような顔で出てきた。

「まずはお上がりを」

「それには及ばん。青楽殿はどこへ行った」

「さてそれは……お出かけの時、必ずどこへと言われるわけではございませんので」

「今朝も何も言わずに出たのか」

「ちょっと急ぎの用向きで出かけます、とだけおっしゃいましたが」

誰も連れず一人でか、と聞くと、その通りだという。新九郎は臍《ほぞ》を嚙んだ。

「青楽殿のお供の方は居ますが、やはり何も聞いておられへんご様子でしたが」

「いつ戻るとも、言ってないんだな」

「はい。いつも遅くとも夕餉の頃までには戻られますが」

「わかった。では、別のことを聞く。昨夜、青楽殿に女の客がなかったか」

これには藤左ヱ門は、すぐ頷いた。

「はい、いらっしゃいました。お武家の御女中のようで、多江様と言われましたな。店を閉めるところでしたが、お急ぎのご用と見えましたので、お通ししました」

やっぱりか。新九郎は大きく息を吐いた。

「どんな用向きかは、言ってなかったか」

「いえ、それは何も」

「取り次いだ時、青楽殿の様子は」

それは、と藤左ヱ門は訝しむような顔をした。厄介事の気配を感じ取ったようだ。

「驚いてはりましたな。多江というお名前にも心当たりがないようでしたが、何か思われたらしく、お通しするようにと」

「そうか、それで……」

　どんな話だったと尋ねかけて、やめた。盗み聞きしたかと聞くようなもので、愚問だ。

「多江が帰る時の様子は、どうだった」

「はい、満足なさったようなお顔でしたな。対して青楽殿は、何と申しますか、その……ご不満のような」

「苦虫《にがむし》を嚙み潰したような顔だった、ってことか」

　藤左ヱ門は、「まあ、そのような」と苦笑した。どうも、男女の仲の話ではないかと想像しているようだ。

「その時、青楽殿は多江に何か渡していなかったか」

　はて、と藤左ヱ門は顎に手をやった。

「そう言えばお帰りの時、多江様は懐を気にするような素振りをなさっていましたな」

　金でも無心したのだろう、と藤左ヱ門は考えたらしい。新九郎は、そう思わせておくことにする。

「よし、ではあと一つ。多江が帰った後、青楽殿はずっとここに居たのか」

はい、と答えかけたようだが、藤左ヱ門は口を閉じた。新九郎の顔つきを見て、安易に答えるべきでないと思ったかのようだ。新九郎は、じっと藤左ヱ門を睨む。

少し間を置いて、藤左ヱ門は言い難そうに答えた。

「居られたはずなのですが……青楽様は時折り寝酒を所望されますので、昨夜も店の者が如何《いかが》ですかとお部屋に尋ねにまいりましたところ」

「居なかったのか」

「声をおかけしてもご返事がなかったそうで、灯りも消えておりました。いつもより早いがもうお休みかと思い、店の者は下がりましたが……」

「青楽殿の部屋からは、気付かれずに外へ出られるのか」

「実は、出られます。裏木戸がすぐ近くにございますので」

これで充分だ、と新九郎は思った。

「よし。青楽殿が帰る頃を見計らって、出直す。拙者が来たことは、青楽殿には言わぬようにな」

もし余計なことをしたら、治部少輔に睨まれるぞと無言の脅しをかけておいて、新九郎は引き上げた。

来た道を、急ぎ足で町の方へ戻った。どうやら、多江を殺したのは青楽と見て間違いなさそうだ。理由は何か。恐らく、多江は道謙が殺された時、青楽が怪しい動きをするのを見たのだ。最初、多江は自分が目にしたものの意味に気付かなかった。だから新九郎が家人たちに何か見なかったかと聞いた時は、そのことを申し出なかったのだろう。

だが昨日、多江は再び屋敷を訪れた新九郎と話すうち、何かがおかしいと気付いた。多江の態度がどこかぎこちなかったのは、そのせいに違いない。新九郎の勘は正しかったのだ。

(畜生め。昨日、もっと突っ込んで聞いておくんだった)

悔やんでも遅い。もう多江からは何も聞けない以上、自分で考えるしかなかった。

昨日、自分は青楽について多江に何と言ったか。新九郎は懸命に記憶を引き出す。

(そうだ。俺は、青楽が座敷を出て、上郡の座敷の様子を窺ったのを見たかと聞いた。そこだったんだ)

つまり青楽は、様子を窺っていたのではなかった。田渕道謙を呼び出したのだ。

上郡は家人が道謙を呼びに来たが、男か女かもわからぬと言った。新九郎も一時は女にしては声の低い多江かと思ったが、そう言えば青楽も、男としては声の高い方だった。

（青楽は厠から戻る大垣と鉢合わせしないよう間合を計り、道謙を庭に連れ出した。そして隙を見て道謙を殺した）

多江は道謙が庭に出るのは見ていないと言った。嘘ではないだろう。多江のところからは庭に面した廊下と縁側を見通せず、見えたのは青楽と道謙が座敷を出て歩き出したところだけだったのだ。

（青楽の嘘に気付いた多江は、鶴之屋へそれを質しに行ったんだな。強請《ゆす》る気だったのかな）

そう考えるのが一番簡単だ。青楽は一旦金を渡しておいて、口封じをするため急いで後を追い、人気のない空堀の近くで襲ったのだ。

だが、それだけでは得心の行かないところもあった。金を取り返すだけなら、着物を脱がせてまであちこち調べる必要はないだろう。殺さなくとも、金に不自由しない青楽なら、もっと金を積んで黙らせておくことだってできる。

（それに、多江はどこに行くつもりだったのか）

強請りが狙いなら、用は済んだのだからさっさと屋敷に帰ればいい。それとも、行く先はやはり石田三成の屋敷で、さっきちょっと考えた通り、多江は三成の密偵か何かだったのか。

（ええい、どの方向で考えても、どうもすっきりしねえな）

青楽を捕まえて締め上げるのが、一番確実だ。奴は今夜、鶴之屋に帰ってくるだろうか。既に堺に逃げた、と考えるべきかもしれない。そうなると、新九郎の手には負えなくなる。捕縛を三成に任せるとしても、何か動かぬ証《あか》しが必要だろう。まだそれは得られていない。

新九郎は苛立って小石を蹴った。小石は傍らの溝に飛んで行き、小さな飛沫《しぶき》を上げた。

八

「真山……青楽？　ああ、堺の商人じゃな」

新九郎から話を聞いた奈津姫は、その名に心当たりがあったようだ。

「ご存じでしたか」

「会うたことはないが、堺ではそこそこの羽振りじゃからな。名ぐらいは聞いておる」

　青楽は結構知られた人物であるらしい。

「で、その者が田渕道謙殿を殺したのか。いったい、何故じゃ」

「さあ、それがどうもわかりません」

　新九郎が面目《めんぼく》ない、と頭を掻くと、奈津姫は笑みを見せた。

「よい。左馬介の仕業でないとわかっただけでも、嬉しいことじゃ。ようやってくれた」

　頭を下げる奈津姫に、いやとんでもない、と新九郎は慌てて手を振った。

　この慈正寺に奈津を訪ねたのは、やはり左馬介は無実だ、といち早く耳に入れるためだ。奈津の一番の心配を軽くしてやるのが、自分の役目と心得ているからだった。証拠がまだ見つかっていないのは難題だが、煮詰まった頭も奈津姫と話していれば少しは解《ほぐ》れるか、と期待していたりもする。

「しかし、治部少輔が一枚嚙んでいるのでは、というそなたの懸念《けねん》は、少々無理があるのではないかのう」

「はあ……そうでしょうか」

　自分でも考えあぐねていたのだが、奈津姫にそう言われては仕方がない。

「治部少輔が道謙を殺す謀《はかりごと》を巡らせ、左馬介に罪を着せたと申すなら、何のためにそのようなことをしたのじゃ」

「それはその……鶴岡家を改易するため、でございましょうか」

奈津姫は、笑った。

「父上は、既に謀反への関わりを疑われておるのじゃ。治部少輔がその気であれば、いつなりと改易、或いは切腹の沙汰を出せる。おかしな小細工など、全く不要じゃ」

「まあ……そうでしょうな」

「そもそも治部少輔への疑いとは、殺された多江という侍女が治部少輔の屋敷の方角へ向かっていたらしい、というそれだけから来ているのであろう。あまりに薄過ぎる」

返す言葉がなかった。頭を冷やしてみれば、確かに考え過ぎだ。

「姫様のおっしゃる通りです。いつの間にか、頭がひねくれてしまったようで」

「少し頭を休めてはどうじゃ。それから、姫様はやめてくれ。もうこんな年じゃぞ」

奈津姫がまた笑い、新九郎は顔を火照《ほて》らせて俯《うつむ》いた。

「さて青楽のことじゃが、かの者は田渕道謙とはどういう関わりじゃ」

　奈津が真顔に戻って聞いた。

「当人は棗《なつめ》を見せに来た、と申しておりましたが、尾野忠兵衛殿によりますと、金を貸していたようです」

「堺の商人が侍に金を貸すのは、常のことじゃな」

　奈津は当たり前のように頷いたが、同時に首を傾げた。

「しかし、金を返せなくなって借りた相手を殺したというならともかく、貸した者が借りた者を殺すというのは、どうも理に合わぬ」

　その通りだ。借主を殺してしまっては、元も子もない。

「ごもっともです。それに、どう理由を付けて田渕道謙殿を庭に誘い出したかもわかりません」

　道謙は上郡との面談をさっさと切り上げたかっただろうから、何か別の用ができれば、喜んで中座したはずだ。しかし庭に出る用事とは？　死骸の向きからすると、道謙は茶室に向かっていたようだ。しかし茶室には誰も居なかった。

「その棗を、茶室で見せるとでも申したのかのう」

「いいえ、それなら座敷で見せればよい。わざわざ茶室に誘う理由にはなりますまい」

「では……茶室に誰か待っている、とでも言うたか」

うむ、と新九郎は考えた。それが一番、ありそうだ。茶室なら、玄関を通らなくても裏木戸からこっそり入れる。他の客人や家人にも知られず会うには、茶室は最適だ。内密で会いに来た者がいると言えば、道謙は信じたかもしれない。

「あり得ますね」

「それは誰か……いや、どのみち嘘なのであれば、誰でもいい話じゃな」

それこそ治部少輔が来ていると言うたかもしれぬ、と奈津は冗談めかす。そこで、ふと思い出したように口にした。

「のう新九郎。多江という侍女、そなたに会おうとしたのではないか」

「え、私に？」

唐突だったので、新九郎は当惑した。

「そなた、治部少輔のお墨付きを見せて、治部の指図で動いているように思わせたであろう。そなたが光運寺に居ることなど、誰も知らぬ。さすれば多江は、青楽の嘘に気付いてそなたに知らせようと思うたなら、治部の屋敷に行こうとするはずじゃ」

「しかし、多江は青楽のところに出向いて、恐らくは強請りを働いたのですよ」

「本当に強請ったかどうかは、まだわからぬであろう。強請ってみたが思うほど金を出さなかったので、密告する気になったのかもしれぬ。それに、金以外にも何やら持っていたのでは、とそなたも言ったではないか。もしかすると多江は、動かぬ証しを得ようとして青楽に会い、首尾よくそれを得られたのでそなたの元へ届けようとしたのかもしれぬ」

新九郎は、うーむと唸って天井を仰いだ。それは、考えてもみなかった。

「主人の仇討《あだう》ち、ですか。しかし、ただの侍女がそこまで」

「ただの侍女であったのか。道謙の妻子は、領国《りょうごく》におるのであろう」

あっと新九郎は声を上げそうになった。そうか。正式の側室ではなくとも、道謙の情けを受けていたということは、充分にありそうだ。侍女一人が見えなくなっただけで、堀以下の家人が総出で捜し回ったとはちょっと大袈裟だなと感じていたが、そういう事情なら得心できる。

「いや、恐れ入りました。それがしの目は、奈津様に及びませぬ」

新九郎は赤面しつつ頭を下げた。そのくらい見抜けずに、俺は何をやっていたんだ。

「奈津も少しは役に立つであろう」

奈津は袖で口元を隠しながら、目を細めてふふふと笑った。それから、急に思い付いたように言った。

「そう言えば、青楽の金貸しのことで気になったのだが、そなた、金子《きんす》はあるのか」

二百年先から来たなら、今の金は持っておるまい、と奈津は気遣いを述べた。

いやそれは、と新九郎は頭を掻く。

「実は、光運寺の良霍和尚に用立てていただきました」

「何じゃ、良霍殿から借りているのか」

奈津は呆れたように言うと、手文庫《てぶんこ》らしい箱を引き寄せて蓋《ふた》を取った。取り出したのは銭袋で、奈津はそこから銀と銭を片手一杯掴むと、新九郎の前に出した。

「気が利かぬで済まなんだ。これで良霍殿に返しておくが良い」

「え、しかし、そのようなお気遣いは」

慌てて遠慮すると、奈津はその金を新九郎の手に押し付けるようにした。

「今してもらっていることを考えれば、これぐらいは当たり前じゃ」

離縁されても貧乏というわけではないぞ、と奈津は笑った。確かに、いつまでも良霍に甘えているわけにもいかない。新九郎は、有難く受け取ることにした。それで良い、と奈津は満足げに頷いた。

「しかし良霍殿もご奇特《きとく》じゃの。縁もゆかりもないそなたを泊めるだけでなく、着物や金まで世話してくれるとは」

余程にできたお方じゃ、と奈津は感心するように言う。本当にそうだ、と新九郎も思っていた。あのようなお人の寺に飛び込んだ自分は、返す返すも運が良かった……。


慈正寺を出た新九郎は、次にどうするか少し考え、大垣玄蕃の屋敷に向かった。青楽について大垣の見方を聞いてみたい、と思ったのと、尾野の言ったように田渕道謙に含むところがあるのかを質しておきたかったのだ。もし道謙を嫌っていたなら、新九郎に道謙が好人物であるように評したのは何故なのかも、気になる。

昼をだいぶ過ぎていたので、城に出仕《しゅっし》していた大垣はちょうど帰ったところだった。案内を請うとすぐ客座敷に通され、大垣は特に迷惑そうな顔もせず新九郎の前に出てきた。

「調べの方は、進みましたかな」

大垣の顔には、愛想笑いのようなものが浮かんでいる。この当たりの良さで、気難しい武辺者たちの間をうまく泳ぎ回っているのだろうか。

「はっ。実は、真山青楽殿に疑わしき点がいろいろ出て参りまして」

青楽が下手人と思っていることまでは、言わないようにした。

「青楽殿が？」

大垣は少なからず驚いたようだ。

「田渕道謙殿は武勇の者ではないが、不意を打ったとしても、青楽殿に易々《やすやす》と殺せるとは思えぬが」

「まだ青楽殿が手を下したと断じてはおりませぬ」

新九郎は慎重に返す。

「大垣殿から見て、青楽殿はどういうお人ですか。おとなしいか短気か、鷹揚なのか細かいのか、といったことは」

「ふむ……おとなしいか短気かと言えば、まあ普通としか言えぬな。激《げき》したところは見ていないが、儂らの前でそんな態度を見せることはなかろう。鷹揚か細かいのかについては、これもその中間かな。あまり細かいことにこだわっても、大《おお》雑把《ざっぱ》過ぎても、あのような身代《しんだい》は築けまい」

確かにその通りだな、と新九郎は思った。だが、青楽という男の性向を測るには、役に立たない。

「あちこちに金子を貸していた、と聞きますが」

「いかにも。儂は借りておらんが、田渕道謙殿は借りていたようだな」

「取り立ては、厳しかったのでしょうか。貸し渋ったりなどは」

これは、と大垣は苦笑する。

「借りておらぬ故、厳しく取り立てるかどうかは知らぬが、まさか大名に向かって身ぐるみ剝ぐなどとも脅せまい」

それはごもっとも、と新九郎は調子を合わせた。

「加藤主計頭《かとうかずえのかみ》殿や黒田甲斐守《くろだかいのかみ》殿などは、だいぶ借りておると聞くので、頼んでも貸し渋ることがあるのではないか」

ほう。加藤清正《きよまさ》も黒田長政《ながまさ》も、借主か。朝鮮出兵で、みんな懐が大変なのだろう。

「失礼かもしれませんが、皆様返す当てはおありなのでしょうような」

「さあ、それは与り知らぬが」

大垣は肩を竦めた。

「これは無理じゃとなれば、開き直るお人も出てこよう。だが貸す方も、そのぐらいは見越しておろう」

でなければ金貸しなどできまい、と大垣は言った。それはそうだが、大名貸しが焦げ付いて潰れた札差は、江戸に幾らでも例がある。今ここで言うことではないが。

「ところで話は変わりますが」

新九郎はさりげない調子で言った。

「大垣殿は、田渕道謙殿が温厚篤実で面倒見の良いお方であると言われましたな。ですが、他の方に聞きますと、嫌味で腹黒いお人、という評が返ってきました。大垣殿のお話と、全く逆です。これはどうしたことでしょうか」

大垣の顔が、さっと強張った。

「儂が偽りを申したと言うのか」

「いいえ、そうは申しませぬ。しかし、人によって見方が変わるのは当然とはいえ、白黒が入れ替わるほど違ってしまうのはいささか面妖《めんよう》です」

ううむ、と大垣が唸る。

「何が言いたい」

「単刀直入に申し上げることをお許し願いたい。大垣殿は、近頃太閤殿下から遠ざけられておる由《よし》。それに田渕道謙殿が関わっている、ということがありましょうや」

大垣の眉が吊り上がった。今にも刀を摑みそうに思えて、新九郎は背筋が冷えた。だが、怒声を飛ばす代わりに大垣は大きく息を吸い、浮かしかけた腰を元に戻した。

「誠に、直截で不躾《ぶしつけ》な申しようじゃな」

「申し訳ございませぬ」

「まあ良い。そのように申す者がいることは、承知しておる」

おや、と新九郎は訝った。大垣の言い方には、諦念《ていねん》が混じっているように感じられた。

「太閤殿下から遠ざけられた、というのは間違っておらぬ。だが、田渕殿が関わっていたわけではない。これは儂自身のせいじゃ」

「は……どういうことでしょうか」

「朝鮮攻めについて、一旦矛《ほこ》を収めるよう、苦言めいたことを口にしてしもうたのじゃ」

「では、それが殿下のお耳に入ったと」

「殿下の居られる前で、な。だいぶ控え目に気を付けたつもりが、ご不興《ふきょう》を買うことになった」

そういうことか。朝鮮攻めは太閤の最大の失敗だが、その真っ只中で異論を述べるのは、反抗と取られても仕方ないだろう。

「誠にご無礼いたしました」

新九郎は素直に詫びた。大垣は、構わんと首筋を叩いた。

「首が繋《つな》がっておるだけ、ましと言うものじゃ」

軽く苦笑してから、大垣は言った。

「田渕道謙殿の評が逆になった話じゃが、わからぬこともない。あの御仁《ごじん》は、曲がったことが嫌いでな。賂などは受け付けぬ。しかも肚の内を表に出さぬものだから、あまりよく知らぬ者は田渕殿が何を考えているかわからず、勝手な詮索をする。賂を断るのも、何か思惑あってのことだろう、などとな。それが積み重なると、腹に一物《いちもつ》ある者ほど、田渕殿が怪し気に見えてしまうのだ」

誤解されやすい男だ、ということか。大垣の言が全て正しいかはわからないが、そう聞くと新九郎も合点が行った。

「田渕殿を悪《あ》しく申したのは、上郡殿ではないのか」

大垣もそこは察したようだ。否定しても始まらないと、新九郎は「実は左様で」と答えた。

「さもあろう。あれにも田渕殿が怪しく見えたに違いない」

「おや、先日は上郡殿の用向きはあまりご承知ではないとおっしゃいましたが」

新九郎が問うと、大垣はふふんと嗤《わら》った。

「儂とて、あれからぼうっと日を過ごしておるわけではない」

大垣は大垣なりに、調べたというわけか。

「恐れ入りました。では、上郡殿の目に田渕殿が怪しく見えた、ということは、やはり賂のことですか」

らしいな、と大垣は頷く。

「上郡は田渕殿から賂を求められたように言うたかもしれんが、それこそ逆じゃ。あやつの方から押し付けようとしたらしい。そりゃ、断られるわ」

あいつの頭では、賂を断られること自体が信じ難かったのだろう、と大垣は言った。

「それどころか、もっと賂の額を釣り上げるための方便、と思ったかもしれぬ」

新九郎は内心で渋面を作った。確かに上郡は、そのように捉えている様子であった。

「田渕殿だけではない。石田治部少輔殿にも贈ろうとして、やはり撥《は》ねつけられたようじゃ」

「何と、治部少輔様にも」

撥ねつけた、というのは三成を褒めるべきなのだろうか。

「他に、増田右衛門尉殿や大蔵大輔殿にもな」

増田長盛や長束正家《まさいえ》にもか。奉行たちに漏れなく根回ししようとは、余程宇喜多家は鶴岡の所領が欲しいのか。それとも、上郡が手柄を焦っているだけなのか。

「増田右衛門尉様や長束大蔵大輔様も、お断りになったのでしょうか」

「それは、知らぬ」

大垣は素《そ》っ気《け》なく答えた。裏返せば、断らなかったかもしれない、ということだ。

「しかし田渕殿も、もそっと腹を割って話すようなお人であれば、こんな禍《わざわい》はなかったやもしれぬな」

大垣は残念そうにそんなことを言った。

本通りに飯と酒を出す店を見つけて、夕餉はそこで摂《と》った。雑穀の飯に、菜っ葉と何かの干し肉がついているだけだが、飯は丼一杯食えたので、腹の足しには充分だ。鰻《うなぎ》か天婦羅が食いたいと思ったが、そんな店は見当たらなかった。

食べ終えると、新九郎は鶴之屋に向かった。青楽が戻っている見込みは薄そうだが、行ってみなくてはいけない。帰りは暗くなってしまうが、提灯《ちょうちん》なんてものはないので、月明かりを頼りに溝や池に落ちないよう、気を付けながら歩くことになりそうだ。

鶴之屋に着くと、まず青楽が居るか聞いた。まだ戻りませんという答えが返った。だろうと思ってはいたものの、やはり落胆する。無理しても自分で堺まで追うべきだろうか、と思案していると、藤左ヱ門が出てきた。

「これは瀬波様。青楽殿は、まだお戻りではないのですが」

「ああ。今、店の者から聞いた」

「左様ですか。もうとうに戻っているはずなのですが。青楽殿のお供が、先ほど捜しに出たところで」

お供か。番頭みたいなものなんだろう。青楽は連れて来た番頭に何も言わず、置いてきぼりにしたのか。ずいぶん急いだものだ。

「そのまま堺へ帰ったのではないか」

一応、聞いてみた。すると藤左ヱ門は、そんなことはと手を振った。

「銭十貫と金五十両、お預かりしておりますので。商いの品やお荷物も置いたままです」

何？　と新九郎は眉をひそめた。この時分の一両は、江戸の一両よりずっと価値が高かったはずだ。それだと、江戸の二、三百両にはなるのではないか。そんな大金も商品も放ったまま引き上げた、とは解《げ》せない。そのくらいどうでもいいほど、青楽は金持ちなんだろうか。

「あ、お供の伍介《ごすけ》さんが帰りました」

振り向くと、二十五、六と見える男が息をついていた。小袖に汚れが見えるので、だいぶあちこち走り回っていたようだ。

「変です。旦那様は、どこにも見えません」

言ってから新九郎に気付いて、伍介は腰を二つ折りにした。

「旦那様をお訪ねだったお方ですね。また旦那様にご用でしょうか」

「そうなんだが、戻らないそうだな」

「はい。それで心配いたしておりまして。お一人でお出かけでしたので、追剝《おいはぎ》に遭われたりしてはと」

どこへ出かけたのかと新九郎が聞きかけた時、慌ただしく人足風の男が走り込んできた。見たところ、鶴之屋で酒造りの下働きをしているらしい。

「だ、旦那様。えらいこっちゃ、あっちで人が浮いてます」

何だって、と藤左ヱ門と伍介が顔色を変えた。

「どこだ」

新九郎はその男の胸ぐらを摑むようにして、聞いた。

「こ、この先の淀《よど》みに」

「案内しろ」

新九郎は男に怒鳴り、慌てて駆け出す男の後を追った。この時、新九郎はまさしく八丁堀同心に戻っていた。


遠くはなかった。鶴之屋からほんの二、三町北に行ったところの水路の横に、大名屋敷が一つ入るくらいの大きな淀みがあった。溜まった水は半分濁り、藻の臭いがする。舟溜まりに使われているらしく、十艘以上の舟が舫《もや》われていた。

その舟の間に、うつ伏せになった人が浮いていた。羽織に括り袴の、商人風だ。新九郎に続いて駆け付けて来た藤左ヱ門と伍介が、覗き込んで「ああ」と呻く。

「足を滑らせたのでしょうか」

藤左ヱ門が気の毒そうに言った。

「とにかく、引き上げよう」

新九郎が言うと、藤左ヱ門が大声で下働きの者たちを呼んだ。一人が竿《さお》を取り上げ、死骸に引っ掛けようとした。死骸がくるりと回り、仰向けになる。やはり、青楽に間違いなかった。新九郎はその胸を指差した。

「足が滑ったわけじゃ、なさそうだな」

藤左ヱ門と伍介が、目を見張る。青楽の胸には、明らかな刺し傷があった。

死骸を引き上げて一通り調べてみた。刺し傷は一つだけで、かなり深い。大刀で正面から突かれたものと見えた。ただし青楽は刀も脇差も持っていなかったようで、下手人が自分の得物《えもの》を使ったに相違ない。

「誰の仕業でしょうか。やはり追剥か何かで」

藤左ヱ門が憂い顔で聞いた。賊が伏見の町中に入り込んでいるなら、由々《ゆゆ》しきことと考えているようだ。

「ではあるまい。懐に金子が残っている」

もとより盗賊に遭ったなどとは思っていなかった。一刺しで仕留めているので、侍だろうと推測したが、江戸と違って侍でなくとも刀の扱いに慣れた者は多い。断じるのは避け、役人を呼ぶよう命じた。役人と言っても、多江殺しに出張って来たような見廻り役の足軽連中だろうから、調べについては少しも当てにできない。

下働きが駆けて行ってから、新九郎は藤左ヱ門と伍介に「青楽の荷物を検《あらた》めさせてもらうぞ」と告げた。二人は顔を見合わせたが、逆らうことはできないと承知し、鶴之屋に戻って新九郎を奥へ通した。

青楽の持ち物は、先だって新九郎が青楽と会った座敷の次の間にあった。大小幾つかの箱には、南蛮《なんばん》の品とわかる硝子《ギヤマン》の壺や小瓶《こびん》、飾り物などが入っていた。香料や薬の瓶もある。いずれも少量か一点だけで、商談の見本として持参したものだろう。

「大事な書状などを入れておく箱はないか」

伍介は畏《かしこ》まって、こちらですと塗り物の文箱《ふばこ》を差し出した。鍵がついているが、掛かってはいない。それは幸いだが、見られて困るほどのものはない、ということかもしれない。開けて入っていた書状を調べたが、商いの覚書《おぼえがき》と勘定書《かんじょうがき》だけで、変わったものはなかった。空振りか、と新九郎は溜息をついた。

そこで、部屋の隅の屑《くず》入れが目に入った。引き寄せて中身を全部出す。中で一番大きな紙屑を開いてみた。何かの書状の書き損じだ。

《名護屋在番（判読できず）又兵衛儀、伏見在番（判読できず）為す可《べ》く、然る（判読できず）取り計らう可く約定申《もうし》候《そうろう》事（判読できず）屋敷にて見聞きいたし候事には（以下なし）》

ピンと来た。多江の唯一の肉親である兄は、長く名護屋《なごや》在番となっていると聞いた。話からすると、太閤の下級の直臣《じきしん》か、側近の陪臣《ばいしん》だろう。名護屋に居続ければ、そのまま次の朝鮮遠征軍に付けられてかの地で討ち死にするかもしれぬ。そうすると、多江の実家は絶えてしまう。多江はきっと青楽に、兄を伏見在番にするよう口利きする代わり、田渕道謙の屋敷で見たことは忘れる、と持ちかけたのだ。この時代の商人は権力との関わりが深い。千利休もそうだし、小西行長《こにしゆきなが》などは商人から大名になっている。神君家康公の側近にも、茶屋四郎次郎《ちゃやしろうじろう》という商人がいたと聞く。青楽にも、太閤にまで繋がるような伝手があったのだろう。

青楽は多江に求められ、約束する書状を書いた。素直に応じたのは、多江の口を封じて書状を取り戻すつもりだったからだ。書状は思惑通り多江を殺して奪ってから、破って水路にでも捨ててしまったのだろう。だが、書き損じを調べられるとまでは思わなかったのだ。

（しかし、多江が田渕道謙の側室のような女だったなら、兄のことは道謙に頼めばいいはずだ）

何故こんなことを、としばし考え込んだが、多江がここから真っ直ぐ自分に会いに来ようとしたことを思い出し、そうか、と得心した。わざわざ青楽に頼んだのは、書状を書かせてそれを罪の証しにするためだったのだ。

（その書状、青楽を断罪する証しになるだろうか）

新九郎は考えた。奉行所の御白洲《おしらす》に出すには、弱い。だが、この時代ならどうだ。多江の話と合わせれば、疑いとしては充分かもしれない。多江もそう思ったから、書状を新九郎に届けようとしたのだ。

（何で先に俺に言ってくれなかったんだ）

気付いた時点で話していてくれたら、新九郎が青楽と対決して、白状させたかもしれない。そうであれば、多江が死ぬことはなかったのに。新九郎は黙って唇を噛んだ。

九

やはり帰り道は真っ暗になった。藤左ヱ門が小者に松明《たいまつ》を持たせて送らせる、と言うのを断り、松明だけ受け取った。提灯と比べるとどうも不格好で大袈裟な代物《しろもの》だが、足元を照らすには大いに役立つ。

人通りが少なくなった街道を過ぎ、多江が殺されていた場所に差しかかった。あの小者が言っていた通り、城の篝火がちらほら見えるが、その灯りに頼らずとも松明のおかげで楽に歩けた。灯りもないままここを三成の屋敷に向かっていた多江は、さぞ心細かったろう。いや、それも感じぬほど気を張り詰めていたのだろうか。

城の北側を後にしたところで、妙な気配を感じた。何人かが、後ろに迫っている。三成の配下の見張りか、と思ったが、それとは明らかに違い、切迫した様子だ。足を止めてそっと振り返った。

途端に、全身が総毛《そうけ》立った。松明の灯りが届くぎりぎりのところに、黒い人影が三つ。いや、後ろにもう一人居る。盗賊か、と思い、身構えて刀に手を掛けた。が、そこで影が消えた。逃げたか、と思ったが違う。はっとして頭を動かした時、耳元を何かが掠《かす》めて飛び去った。飛び道具。手裏剣か苦無《くない》、そういう類いのもののようだ。してみると、相手は忍びか。

じっとしていれば殺られる。思った刹那《せつな》、前から一人が突っ込んできた。新九郎は松明を投げつけ、脇に飛びのいた。刀の切っ先が、目の前の空《くう》を切る。慌てて刀を抜いた。道に落ちた松明の火に、何人かの足が黒く浮かぶ。動きは、かなり速い。

脇と背中に、じっとりと汗が浮いた。これはまずい。相手は明らかに、俺を殺す気でいる。しかもどうやら、忍びの心得がある手練《てだ》れが少なくとも四人。まともにやり合えば、勝ち目はない。

とにかく動け。頭の中で自分に命じた新九郎は、右に飛んだ。続いてすぐ、左に。相手が斬りかかってくるのが気の動きで感じ取れ、その方向に刀を振るった。闇雲《やみくも》に振った感じになった刀が、幸いにも相手の刀を捉えた。刃のぶつかり合う音がして、火花が飛んだ。離れた途端、反対側から別の刀が来た。紙一重で避けたが、袖を斬られた。腕そのものは、有難いことにまだくっついている。だがこのままでは、あと何太刀かで確実に斬られる。囲まれたようなので、逃げる方向がない。

くそっ、どうすりゃいい。助けを呼ぼうにも、自分は一人。いったい何で、俺が斬られなきゃならないんだ。奈津と志津の顔が、同時に浮かんだ。畜生、こんなところで……。

風を切るような音がして、押し殺した悲鳴が聞こえた。続けて、何かが地面に落ちる鈍い音。刺客《しかく》たちが動揺するのが、新九郎にもはっきり伝わった。何が起きたのか、と目を凝《こ》らす。ごく僅かな灯りに、新たな人影が映った。新九郎は、立ちすくんだ。

刺客たちは一斉に、いきなり現れたその人物の方を向いた。そいつに一人が斬り倒されたようだ。刺客たちの緊張が伝わって来た。明らかに新九郎より数段手強い相手の出現に、困惑しているらしい。それでも、新九郎よりそっちを先に片付けねばと、新しい相手を囲むように動いた。

が、やはり新手の人物の方が一枚上手だった。背後に回ろうとしたのか、動いた影が重なったと思った直後、微かな風が起きて刀が振るわれたのがわかった。続いて、また何かが地面に落ちた。

刺客たちの動きが、乱れた。明らかに浮足立っている。どうした、と思った次の瞬間、黒い影は身を翻すように走り去った。新九郎はしばし棒立ちになった。俺は助かったのか？　しかし、奴らを追い払ったこの影はいったい……。

一人残ったその人物が、放り出されたまま地面でまだ燃えている松明を掴み、顔の前に持ち上げた。新九郎は思わず、あっと声を上げた。島左近だった。

「し、島左近殿。いったいどうして」

「危ないところであったな、瀬波殿」

島左近は口元で笑うと、新九郎に歩み寄った。

「小袖が破れたようだが、怪我はないか」

慌てて斬られたところに触れてみる。やはり、傷《いた》んだのは着物だけだ。

「大丈夫です。いったい何がどうなったのか……」

左近は新九郎が傷を負っていないのを確かめると、松明を地に倒れている刺客に向けた。死んでいるのは、はっきりわかった。着物は黒く、鎧《よろい》などはないが、鎖帷子《くさりかたびら》のようなものをつけている。忍び装束ではないにしても、やはりそうした心得のある者だろう。左近の刀は、その男の首筋を一太刀で切り裂いていた。聞きしに勝る凄腕だ。

少し離れて、腕の肘から先が落ちていた。もう一人の刺客から、左近が斬り落としたものだ。手には刀が握られたままだった。左近はしゃがんでそれも一通り調べてから、新九郎に言った。

「いずれの者かわかる品は、やはりないな」

「どこの何者で、誰の差し金かはわからぬということですか」

「いや、そうでもない」

左近は立ち上がり、松明を新九郎に向けて言った。

「さっき、こ奴らの頭らしいのとすれ違った。向こうは気付かなんだようだが」

「頭ですって？　島殿はそいつをご存じなので」

うむ、と左近は近所のご隠居の話でもするような軽い調子で答えた。

「加藤主計頭殿の家中で、乱波《らっぱ》の束ねなどをしておる男だ」

新九郎は、唖然とした。加藤清正の家来だと？

「何故、主計頭様の家来がこのような」

「さあ、それは知らぬ」

左近は、まるでどうでもいいことのように、あっさりと言った。新九郎は、

「はあ」としか返せない。

「しかし、島殿はなぜここに居られたのです」

改めてもう一度聞いてみると、左近は松明を新九郎に返し、首筋を揉みながら言った。

「そなたには見張りを付けておること、気付いておろう」

「は、まあ、それは」

「その者から、怪しげな乱波らしき者がそなたを尾けている、と知らせてきた。何の真似かと思い、出張ってみたのだ」

そういうことか。左近が興味を持ってくれたおかげで、助かった。でなければ、今頃膾《なます》にされて宇治川に放り込まれているところだ。そう思うと、また全身に汗が吹き出してきた。

「とにかく、助けていただき御礼の申しようもございませぬ」

「まあ、それは気にせずとも良い」

左近は新九郎の肩を軽く叩いた。

「そなたには、期限まで充分働いてもらわねばならぬからな」

それだけ言うと、島左近はくるりと背を向け、闇の中に消えて行った。

新九郎は松明を持ったまま、まだ呆然としていた。今の出来事が、全く信じられない。長いようだが実はあっという間のことだったのだ。夢でも見ているようだ。いったいどうして、加藤清正が俺なんかを狙うんだ。幾ら考えても、その答えは見つからなかった。


「刺客に襲われたじゃと!」

新九郎の話を聞いて、奈津姫は蒼白《そうはく》になった。

「しかも加藤主計頭の手の者とな。間違いないのか」

「島左近殿が、そう言われましたので」

「何やら、さっぱりわからぬな」

それは俺だって同じだ、と新九郎は苦笑した。

「しかしとにかく、無事で良かった。そなたに何かあったら、奈津はもう……」

奈津は震えるようにして、新九郎の手を取った。思わず顔が熱くなる。

「い、いえ、ご案じなさいますな。それがしには、島左近殿という類い稀《まれ》なる警固が付いておることがわかりました故」

思い出しても胆が冷えるのを、冗談に紛らせておいた。奈津も、安堵を見せて頬を緩めた。

「まあ、それも言えるな。しかし何故、主計頭がそなたを」

「さんざん考えましたが、見当もつきませぬ」

だいたい、加藤清正自身の指図によるものかどうかもわからないのだ。聞くところによると、清正は朝鮮の戦で何やら不始末があって、京で謹慎しているらしく、伏見にはいないのだった。

「妙な話じゃのう」

奈津もしきりに首を捻るが、良い思案が出るわけでもない。諦めて話を変えた。

「青楽が殺されたと申したな」

「はい。何者の仕業かは明らかではありませんが」

「では、田渕道謙を殺したのは真山青楽ではなかったのか」

奈津の顔が暗くなる。せっかく湯上谷左馬介が助かったと喜んでいたのに、振り出しかと落胆したのだ。新九郎は安心させるように、「そうでもありません」と言った。

「多江からはっきり聞けたわけではありませんが、これまでの様子からすると、青楽が田渕道謙殿を庭に誘い出したのは間違いないでしょう。その青楽が殺されたとなると、誰か他の者が青楽を使って田渕殿をおびき出し、殺した、と考えるのが理に適《かな》っておりましょう」

「青楽はその者に口を塞《ふさ》がれた、というわけじゃな」

奈津も得心したようだ。

「己が多江の口を塞いだ後に、己自身も口を塞がれるとは因果《いんが》じゃな」

「誠に。恐らく、青楽が多江を殺したと知り、このままにしておいて青楽が捕えられでもすれば、我が身に危機が及ぶと考えたのでしょうな」

「して、それは誰じゃ」

やはりそれを聞くよな、と新九郎は頭を掻いた。

「今のところは、誰とも」

そうか、と奈津は眉を下げる。

「間に合うのか」

「何とかします。一旦初めに戻って、田渕道謙殿を殺す理由を持つ者を探してみます」

「しかし、大垣殿は田渕殿に恨みはないのであろう。上郡殿であれば、わざわざ自分と対座している田渕殿を青楽を使って外へ出す理由がない」

ほう、奈津姫もだいぶ八丁堀みたいになってきたな、と新九郎は面白くなった。

「いえ、そのお二人ではないかも。田渕道謙殿を庭に出したのは、外にいる者が裏から入って襲うためだったのではないでしょうか」

ふむ、と奈津は考え込んだ。

「それでは、左馬介の立場は良くならぬな」

「確かに。ひとまずもう一度、左馬介殿に会って来ようと思います」

何か新九郎に考えがあるようだ、と感じ取ったのだろう。奈津はそれ以上多くを聞かず、「頼む」と頭を下げた。

牢番頭の野島直右衛門は新九郎の顔を覚えており、目を合わせるなりさっと一礼した。

「御役目ご苦労にござる。また、かの者にご用でござるか」

いかにも、と鷹揚に頷くと、野島は畏まって丁重に左馬介の牢へと新九郎を導いた。

「おう、そなたか」

瞑目《めいもく》しているようであった左馬介が、目を瞬いてから顔を綻《ほころ》ばせた。新九郎は野島を下がらせ、牢格子を挟んで腰を落とす。

「お体に具合の悪い所はないですか。奈津様も心配なさっています」

「まあ、こんな場所だからな。具合がいいとは言いたくても言えぬが、幸い病のようなことはない」

左馬介は、自嘲《じちょう》の混じった苦笑を浮かべた。

「で、何かわかったのか」

「真山青楽が、田渕道謙殿殺しに加担していたことがわかりました」

新九郎はかいつまんで事情を話した。左馬介は驚きを見せてから首を捻った。

「あの青楽がか。逆に青楽が殺されたという方が頷けるのだがな」

あちこちに金を貸していた青楽が、返済に窮《きゅう》した者に殺されることはありそうだが、人殺しに加担する理由は思い付かない、ということだ。

「まあ、実際に殺されてしまったわけですが」

肩を竦めるようにして言うと、左馬介は憮然《ぶぜん》とした。

「青楽は、手を貸さねば借金を踏み倒すとでも言われたのかな」

「そのぐらいで殺しに手を染めるでしょうかね」

それもそうだ、と左馬介も嗤う。

「さてと、少々妙なことを伺いますが、加藤主計頭様と何か関わりを持たれたことはございますか」

左馬介は、ぽかんとした。

「主計頭様？　何でそんな話が出てくるのか知らんが、関わりなどまるでないぞ」

「左様ですか。いや結構、忘れて下さい」

一応聞いてみたものの、別に期待はしていなかったので、早々に本題に戻った。

「ところでもう一度お聞きしますが、貴殿が道謙殿の屋敷の裏木戸から入る前、その周りで誰かの姿を見ませんでしたか」

「儂以外に裏木戸から出入りした者がいないかどうか、じゃな」

左馬介は、すぐにかぶりを振った。

「それについては、何度も考えた。少なくとも、儂は目にしておらぬ」

「どんな異変もなかったと言われるのですな」

うむ、と言いかけた左馬介だが、そこで止まってもう一度考える仕草をした。

それから改めて顔を上げると、自信なげに言い添えた。

「確かあの時、裏木戸が動いたような気がした」

「木戸が動いた？」

新九郎は眉間に皺を寄せた。

「それは、開け閉めが為されたということですか。なのに、出入りした人影はなかったと？」

左馬介は、少し考えてから答えた。

「そう……その通りじゃ。ただし、はっきり見えたわけでは」

「木戸から人の顔が覗くこともなかったのですか」

それは、と左馬介は困った顔になる。

「言われると頭が見えた気もするが……しかとは」

うーむと新九郎は唸った。

「その話、この前伺った時に聞きたかったですな」

「済まん。うろ覚えであったし、逃げる者を見たというわけでもなく、さほど大事な事とは」

冗談じゃない。目一杯大事な話だぜ、これは。

「そんなことから、何かわかるのか」

やれやれ、これからは戦働《いくさ》き以外でも頭が使えるようにしてほしいものだ。

「よろしいですか。まず何者かが、そこもとが来る前に裏木戸から入った。そして青楽におびき出されて茶室に向かう田渕道謙殿を襲って殺した。すぐ逃げようと木戸から外を窺うと、そこもとが土塀の角を曲がって来るのが見えた。そこで植え込みの陰などに隠れ、そこもとが入ってくるのを待ち、死骸を見て驚いている隙に木戸から出たのです」

左馬介は、半ばぽかんとして新九郎の話を聞いた。次第に腑《ふ》に落ちて来たようだ。

「な、なるほど……しかし、何故儂が木戸から入ってくると思ったのじゃ」

「田渕道謙殿に今一度談判しようと様子を窺いに来たのでしょう。そこで木戸が開け閉めされるのを目で捉えたら、意識せずとも入って覗いてみようという気になりませんか」

「あ、ああ、それは確かに」

現にその気になったのだ、と思い出したようだ。

「まさか、相手はそこまで見抜いていたと？」

「ええ。その相手は、そこもとがあの日の昼前に屋敷に押しかけて門前払いを食らったのを、知っていたのでしょう。だから裏木戸からあなたの顔を見て、一瞬でどうすべきか悟ったのです」

もの凄く、機を見るに敏な奴だ。そしてそいつは、左馬介の顔見知りだった。心当たりがあるか、と左馬介に聞いてみたが、これはという人物は決められないようだ。粘っても仕方なさそうだったので、新九郎は質問の方向を変えた。

「そもそも、どうして田渕道謙殿を恨むようになったんです」

左馬介は、顔を顰めた。

「前にも言うたであろうが。道謙が殿を悪しざまに申したからじゃ」

「だから、そのことをどうやって知ったんです。書状を直に目にしたわけではないでしょう。誰に聞いたのですか」

左馬介は、またぽかんとして新九郎を見返した。が、しばらくしてようやく、新九郎の問いかけの意味を悟ったらしい。大きく目を見開いた。

「それは……」

太閤の最も頼れる重臣として多忙を極める三成は、新九郎の突然の来訪にあまりいい顔をしなかった。自分の都合のいい時は有無を言わさず呼びつけるくせに、勝手なもんだと新九郎は渋面になったが、権力の座にある者というのは、皆そうなのだろう。

「瀬波新九郎か。儂に何用じゃ」

追い返しこそしなかったものの、手短に済ませろという態度だ。いいだろう。ならば言葉を飾らず、単刀直入に聞いてやろう。

「まずお尋ね申し上げます。田渕道謙殿が鶴岡式部様について書き記し、皆様方に差し出した書状についてです」

三成の眉が上がる。何を言い出すんだという顔つきだ。

「それは田渕殿の方から持ち込まれたのですか。それとも、治部少輔様或いは奉行の方々からの問い合わせに応じてのものだったのでしょうか」

「それは、うむ、こちらから求めたものであったが」

それで何が変わるのか、と三成は訝し気な表情になる。

「その書状、どのような書きぶりであったのでしょうか」

「何、中身を知りたいと申すか」

僭越《せんえつ》な、と思われたらしく、不快そうな返事だった。新九郎は構わず続ける。

「全て、とは申しませせぬ。ただ、田渕殿の書状には、式部様に謀反の疑いありと、はっきり書かれていたのでしょうか」

三成の目が険しくなる。そんなこと教えられるか、と怒鳴られると思った。が、先を聞きたくなったようだ。思い直したように咳払いし、話してくれた。

「いや、そのように明確な書き方はしておらぬ。ただ、式部殿が前関白とどのような付き合いであったか、自分の知る限りにおいて詳しく書き綴ったものじゃ」

「前関白と謀議されたと示すようなものでは、なかったと」

念を押すと、三成は幾分苛立ったように「そうじゃ」と答えた。

「しかし、真っ白で疑いなし、とまでは言い切れぬような書き方ではあった」

どちら側にも言質《げんち》を取られぬようにしてあったか。やはり道謙は、かなり慎重に書状を作っていたのだ。

「もしはっきりと式部殿に謀反の意ありと書かれておれば、詮議など続ける必要はない」

三成は当然の如くに言った。そうならとっくに切腹させている、ということだ。改めて考えれば、もっともな話だった。

「では、湯上谷殿は……」

言いかけると、三成に遮られた。

「あの者も、田渕殿の書状の中身は知らぬ。式部殿が捕らえられたことで勝手に讒言されたと思い込み、仇を討たんといたしたのであろう」

「そこまで簡単ではございますまい」

異を唱えられ、三成がむっとしたように新九郎を睨む。

「どういうことだ」

「恐らく湯上谷殿は、田渕道謙殿の書状に讒言が記されていたと吹き込まれたのでしょう」

「吹き込まれた？　誰に」

怪訝な顔をする三成に、不遜《ふそん》にも「それはさておき」と新九郎は言って、次の話に移った。

「真山青楽殿が殺されたことは、お聞き及びで」

三成の顔が歪んだ。

「追剝の仕業らしいと聞いておる」

あの見回り役の足軽組頭、思った通りろくに調べも考えもしなかったようだ。

新九郎は苦笑を顔に出さないようにしつつ、言った。

「田渕殿を手に掛けた者が、口封じしたものと見て相違ございますまい」

驚く三成に、新九郎は自身の考えを述べ立てた。三成の目が、次第に大きく見開かれる。

「あの湯上谷左馬介と申す者の仕業ではないと断言するのか。では誰の仕業じゃ。証しはあるのか」

畳みかける三成を、まあお待ちをと制してから、新九郎は問いかけた。

「鶴岡式部様の所領についてでございますが」

「またその話か」

三成は露骨に嫌そうな顔をした。

「あれは政に関わること、と申したであろうが」

「承知いたしております。しかしながら、田渕道謙殿が殺されたのは、恐らくその件によるものと考えております」

三成が、ぎくりとした。思い当たる節があるようだ。

「式部殿の所領を得ようとする者が、田渕殿を邪魔者と見做《みな》したと申すのか」

「左様にございます」

新九郎は肚を決めて、はっきりと言った。

「宇喜多様の他に、かの領地を所望いたしているお方はございますか」

新九郎は播磨国の絵図を見て、既に見当を付けていた。だが三成は、自らその名を示すことを避けた。

「幾人か居る。だが、儂のところでは受け付けぬようにしておる。そういう願いを皆聞いておると、きりがないからな。儂では埒《らち》が明かぬと見た者は、右衛門尉のところなどへ行っておるようだ」

そっちで聞け、と言うつもりか。ならば、それでもいい。たぶん、三成より増田長盛の方が与《くみ》しやすいはずだ。

「承知いたしました。では、右衛門尉様にお伺いすることにいたします」

新九郎は平伏し、目通りいただいた礼を述べたが、三成はまた厄介事が増えたというような渋い顔をしていた。


帰り際、ふと思い出して島左近に取り次いでもらった。命を救ってもらった礼を、改めてきちんと述べておこうと思ったのだ。

「ほう、ご丁寧に痛み入る。だが、別に気にするほどのことではない」

新九郎に会った左近は、この前と同様の軽い物言いで応じた。まさかあれが左近の日常、というわけではないだろうが、殊更《ことさら》に誇るほどでもない様子だ。この男を前にすると、あれが本当に大したことでないような気がしてくるのは、不思議だった。

「恐れ入りまする。ところで、加藤主計頭様の手の者が何故、という点につきましては」

あれから何かわかったか、と聞いてみたのだが、左近はかぶりを振った。

「わからぬな。そなた、主計頭殿とはこれまで関わりがないのか」

過去に加藤家と何かあったのではないのか、と言いたいようだが、もとよりそんな関わりなどあろうはずがない。

「何もございませぬ」

左近は、「そうか」とだけ言った。あまり関心自体なさそうだ。

「しかし、明らかにそなたを狙っておったからな。そなた自身が主計頭殿と関わりがないと言うなら、誰かの頼みであったのかもしれぬの」

頼み？　まさか加藤清正ともあろうものが、殺しの請負を？

「主計頭殿がそのような頼みを、お引き受けなさるでしょうか」

「さあな。ただ、主計頭殿は謹慎中の身。謹慎になったのは小西摂津守《せっつのかみ》殿の太閤殿下への言上《ごんじょう》によるものだが、我が殿が摂津守殿の肩を持ったことに大層ご不満と聞く。であれば、な」

　左近はそこまで言って、新九郎に意味ありげな視線を寄越した。なるほどな、と新九郎は意を解した。どうやら清正は、自分を陥れた小西行長《ゆきなが》に味方する三成を、恨んでいるらしい。この後、関ヶ原に至る歴史を見れば、腑《ふ》に落ちる話だ。新九郎が三成の意向で動いているのは知られているから、三成の足を引っ張ることができると持ちかければ、清正本人でなくとも家臣の誰かが乗ってくることは大いにありそうだった。

　それでは、と新九郎は考える。俺を殺したいと思っている者は誰か。それは田渕道謙を殺した真の下手人に違いない。しかしそいつは、清正の家中に伝手があるのだろうか。

　さらに頭を絞る。そう言えば、清正の名が一度、話に出たことがあったぞ。あれは誰と、何の話をしている時だったか……。

　思い出すのに、しばらくかかった。その話は、新九郎が道謙殺しについてこれまでに考えた筋書きの中に、無理なく納まった。

「何か思い付いたかな」

　左近が声をかけた。知らぬ間に、薄笑いが浮かんでいたようだ。顔を引き締め、頭を下げた。

「お蔭様にて、話が見えてまいりました」

左近は、「それは重畳《ちょうじょう》」とひと言で応じた。

増田長盛の屋敷を訪ねてみると、幸い長盛は在宅していた。だがその応対は、三成にも増して不機嫌そうであった。

「何だその方、まだあの一件を引っ掻き回しておったのか」

「お許しをいただきました以上、徹底して調べた上でお答え申し上げねばと、励んでおります」

しれっとして言ってやると、長盛は「ふん」と鼻を鳴らした。

「で、何だ。鶴岡式部の所領を欲しいと言ってきた者の名が知りたいのか」

左様でございます、と言うと、長盛は「まったく」と腹立たしそうに手にした扇で脇息《きょうそく》を叩いた。

「四、五人居る。播磨の国人《こくじん》ばかりでなく、摂津の者もな。戦が収まって所領を増やす機会ががたっと減ったものだから、どいつもこいつも鵜《う》の目鷹《たか》の目になっておる」

戦国の世なら領地は切り取り放題。腕次第でどんどん増やすことができた。それが今では、太閤の許しがなければ何もできない。少ない機会を捉えて食い付くのは、ある意味当然かもしれない。取次役たる長盛たちのところへは、相応の賂が渡されていることだろう。

「まだ正式に改易が決まってはおらぬのに、まるで山の鳥獣の如くじゃ」

「誠にごもっとも。それぞれご事情はありましょうが、欲と申すものは、なかなか」

新九郎はおもねるように言ってから、再度聞いた。

「で、その方々の御名は」

長盛は口元を歪めたものの、どうにか教えてくれた。

増田長盛の屋敷を出た新九郎は、その足で鶴之屋に急いだ。真山青楽の供の伍介は、事が片付くまで足止めしてある。堺の商人たちが詳細を知ればそれなりの騒ぎになるはずなので、その前に咎人を挙げておきたかった。

伍介は新九郎を見て、取りすがらんばかりに言った。

「ああ瀬波様、何卒お助けを。主人が殺され、何があったか一向にわからぬでは、お店に帰ることもできません」

「わかった、わかった。悪いようにはせんから、騒ぎ立てず、知っていることは正直に話せ」

畳に手をつく伍介に、新九郎は諭すように言った。

「ははっ、何なりとお尋ねください」

何なりと、と言われたが、今聞きたいことは一つだけだった。

「今から名を挙げる中に、青楽から借金していた者はいるか」

新九郎は、長盛から聞いた名前を並べていった。

「はい。お一人、いらっしゃいます」

伍介はすぐに答え、借りていた金額まで教えてくれた。

「そのお方の口利きで、幾人かの御大名にも貸し付けをいたしました」

伍介が口にした中には、江戸でも皆が知っているような大大名もいた。

「そのお人は、ずいぶんと顔が広いようだな」

「はい。そういうお方でございます」

伍介は何の疑いも挟まずに、新九郎の言う通りと認めた。

最後に確かめておきたいことがあったので一度、田渕道謙の屋敷に寄って堀に会ってから、日が暮れる前に新九郎は再び三成のもとへ出向いた。出仕した三成が城から戻る頃合いを見計らったのだ。

「またか。今朝、会うたばかりではないか」

三成は呆れたように新九郎を見た。

「はい。一日に度々煩《わずら》わせ申し上げ、誠に恐縮に存じますが、どうやら目途《めど》が立ちましたので」

何、と三成が身を乗り出した。

「誰が田渕道謙殿を殺したか、目星がついたと申すか」

「御意《ぎょい》」

真っ直ぐに見返して言うと、三成は「うーむ」と唸った。

「証しはあるのか」

「証しとなる物はございませんが、まず間違いはありませぬ」

そこまで言い切るのか、と三成は驚きを浮かべた。

「で、どうする」

「恐れながら明日、こちらの御屋敷にて、治部少輔様と右衛門尉様お立会いのもと、その者を断罪いたしたく存じますが」

「ここへ呼びつけるのか」

三成はさらに驚いた様子だ。

「その者だけを呼ぶのか」

「いえ、他にお二人」

話を聞くと、難しい顔をしていた三成の顔が次第に緩んだ。それも一興、と思ったらしい。太閤はこういう芝居がかったことが好きなので、そのせいもあるだろう。

「わかった。手配りいたせ。右衛門尉殿にはこちらから伝えておく」

「有難き幸せ。では、よろしくお願い申し上げまする」

新九郎は畳に手をつき、礼を述べた。これで失敗は許されない。

(待ってろよ、左馬介)

新九郎は胸の内で呼びかけた。

十

翌日、石田三成と共に奥座敷に座った増田長盛は、昨日よりさらに不機嫌そうに見えたが、同時に当惑も浮かべていた。おとなしく控える新九郎を睨みつけてから、三成に問う。

「いったい何が始まるのだ」

「まあ、ここは泰然と構えて見ておられよ」

長盛は口をへの字に曲げ、また新九郎に苛立った目を向けた。下手を打ったらただでは済まさん、とでも言いたそうだ。そこへ近習が襖の向こうから声をかけた。

「ご無礼いたします。お揃いになりました」

「よし。次の間に通せ」

三成が命じてしばらくすると、次の間に気配がして襖がすうっと開けられた。そこに居た三人が、揃って平伏する。前に並ぶのが大垣玄蕃と尾野忠兵衛、その後ろに堀弥兵衛が控えている。三人は三成の「面《おもて》を上げられよ」との声に体を起こしたが、新九郎がその場に居るのに気付くと、一様に驚きを浮かべた。

「既に承知かと思うが、今日ご足労《そくろう》願ったのは、田渕道謙殿殺害の一件についての話じゃ。これなる瀬波新九郎は皆、存じておろう。この者より、御一同に改めて確かめたき儀があるとのこと」

三成が目で促したので、新九郎は頷いて三人の方を向いた。

「方々《かたがた》には、この件につき何度かお話を伺い申しましたが、最後に今一つ確かめておきたく、治部少輔様のお許しを得てこの場にお集まりいただいた次第。ご無礼の段は何卒ご容赦のほどを」

大垣が「相わかった」と応じ、後の二人はただ頷いた。三成と長盛を前にして、異論が出るはずもない。新九郎は三成の顔を窺い、進めよとの目配せを受けてから、背筋を伸ばしてまず大垣に声をかけた。

「大垣玄蕃殿。田渕道謙殿が殺された折、貴殿が中座の後、座敷に戻られた時に真山青楽殿はいなかった、ということでしたな」

「左様でござるが」

「では青楽殿が戻られてから、死骸が見つかって騒ぎになるまで、どれほどの間がありましたか」

これは意外な問いだったようで、大垣は目を瞬いた。

「いや、さほどはなかったように思う。上郡殿との話は長そうじゃな、など二言三言、話したように思うが、その程度の間じゃ」

「その時の青楽殿の様子ですが、中座する前と比べて如何《いかが》でした。変わりはありましたか」

うむ、と大垣は生真面目に考え込んだ。

「言われてみれば、いささか落ち着きを欠いていたように思う。あれは……」

「左様。青楽殿が田渕殿を庭に呼び出し、殺しのお膳立てをしたからです」

それは大垣の耳にも入っていたらしく、うむ、と頷きが返って来た。よし、前振りはこんなところか、と新九郎は三人の顔を見て思った。今の大垣への問いは緊張をほぐすためのもので、既にわかっていることだから大した意味はない。本題はここからだ。

「お膳立て、と言うからには、青楽殿が殺したのではないのですな」

尾野が確かめるように聞いた。新九郎は、そうだと返答した。

「青楽殿には田渕殿を殺す理由がない。ではここで、何故田渕殿は殺されたのか、という話に移りましょう」

「何かの恨みか」

大垣が言った。

「恨みより、欲と言うべきでしょうな」

新九郎が答えると、大垣はわかったようなわからないような顔をした。

「何についての欲かな」

「領地でござる」

大垣は、あっと膝を叩いた。

「鶴岡式部殿の領地処分のことか」

左様、と新九郎は頷いてみせる。

「田渕殿は、治部少輔様のお指図により、式部様と前関白との関わりについて報告する書状を上げられた。式部様の領地をいかにするかについて、要《かなめ》の位置に居られたわけです。それ故、領地処分についての意見も述べられていた」

新九郎は、そうですよね、と三成に目で問うた。三成は微かな頷きで応じた。

「堀殿」

新九郎が呼ぶと、堀はびくっと肩を強張らせた。

「はい」

「田渕殿のところには、上郡殿の他にも式部様の領地に関して問い合わせや陳情があったのではござらぬか」

「は……その通りにございます。大方は御城の方で話されていたと存じますが、幾人かはそのことでお訪ねに」

「ここに、訪ねて来られたお方が居られますか」

堀は一瞬、躊躇《ためら》いを見せた。が、一同の視線を浴びると、俯きつつも細い声で言った。

「こちらの……尾野忠兵衛様でございます」

一同の目が、尾野に集まった。尾野は僅かに眉を上げたが、動じてはいないようだ。いずれわかること、と承知していたのだろう。

「いかにも。それがしは式部殿の領地を所望いたし、田渕殿だけでなくこちらの増田右衛門尉様にもお願いに参じました。しかし式部殿の所領は我が所領の隣地とも言えるところ。他にも播磨の国人衆《こくじんしゅう》は同様の望みを申し出ておる。寧ろ当然にござろう」

尾野は悪びれもせず、きっぱりと言った。そこに新九郎が水を差す。

「ならば、宇喜多家もその領地を望んでいたことはご存じだったはず。それがしが上郡殿の田渕道謙殿への用向きは何かとお尋ねしたとき、何故そうおっしゃらず、中八木殿を紹介するだけにされたのです。ご自身が領地を狙っていることを、それがしに言いたくなかったのでは」

「これは心外な。より詳しいお方から聞かれた方が確かと思うたからじゃ」

「親切心ということですかな。まあいいでしょう」

新九郎は三成の方へ顔を向けた。

「治部少輔様。田渕殿の所領に関するご意見には、尾野殿のことにも触れてありましたか」

三成の答えは明快だった。

「あった。尾野を含む幾人かには、たとえ一部であってもかの領地を渡すべきでないと述べておった」

ここで初めて尾野の顔が強張った。新九郎は構わず三成を促す。

「その理由とは」

「功績を過大に言い立てるのが目に余る、とな」

領地を得ることは即ち加増であるから、それなりの功績がなくてはならない。

鶴岡家の所領は二万石だから、その半分でも得ようとするなら過去に遡って相当な手柄が必要だ。侍たちが手柄を膨らませるのは常の話とはいえ、尾野の場合は度が過ぎる、と田渕道謙の目には映ったのだろう。

「尾野殿は、それをご承知でしたか」

向き直って聞くと、尾野は顔を背《そむ》けた。すると大垣が、「ああ」と唸った。

「そう言えば、先日城中で尾野殿が田渕殿と口論したと聞いたぞ。もしや、それが理由《わけ》か」

「大したことではござらぬ」

尾野はそれだけ言ったが、大垣は酷《ひど》く疑わし気な顔を尾野に向けたままだ。

「しかし、そんなにあの所領が欲しかったのか。確かに肥沃《ひよく》なところではあるが」

大垣には、欲を掻き過ぎと見えたようだ。いやいや、と新九郎は首を振る。

「借金が三千貫あれば、何としても急いで実入りを増やさねばなりますまい」

三千貫、と聞いて大垣の目が丸くなった。

「そんなに借りておったのか」

言ってから、さらに目を見開く。

「もしや、青楽からか」

尾野は答えなかったが、新九郎は頷いた。

「青楽殿の店の者に、確かめてあります。返済が滞ったため、これ以上の借入には応じられないと申し伝えていたとのことで」

「儂の借金のことなど調べ上げて、何とするつもりじゃ」

尾野が怒りを含んだ声で言った。だが長盛から「控えよ」との声が飛び、尾野は黙った。新九郎は次の問いに移った。

「尾野殿は、湯上谷左馬介をご存じですな」

尾野はぎくりとしたようだが、新九郎を睨み返してきた。

「知っていたら、どうだと言うのだ」

「何故それがしに言われなかったのです」

「聞かれなかったからだ」

単純過ぎる言い訳に、新九郎は失笑を漏らした。

「湯上谷本人から聞きました。田渕道謙殿が鶴岡式部様を陥れるが如き書状を治部少輔様方に上げた、と尾野殿から聞いたと」

「陥れる？」

三成が聞きとがめた。

「田渕殿から出された書状は、そこまで酷い書きようではなかったが」

「はい。尾野殿が湯上谷殿に、田渕殿を恨むよう吹き込んだのです。いや、尾野殿自身が田渕殿に、そのような讒言をまず耳に入れ、治部少輔様たちへの書状に書き込ませようとしたのでしょう。何としても式部様を切腹か改易に追い込むために」

だが田渕道謙は尾野を信用せず、讒言のようなことは一切無視して、公平な書状を提出していた。尾野は領地を手にするために、邪魔立てする道謙を排除せざるを得なくなった。左馬介はそんなこととは知らず、尾野の思惑通り道謙を目の敵《かたき》にしたのである。尾野は播磨国人として鶴岡家の重臣に近付ける立場だったはずだが、その中で左馬介を選んだのは、最も単純で忠誠心の強い男だったからに違いない。

「それは……湯上谷左馬介に田渕道謙殿を斬らせようとした、と聞こえるが」

三成が言った。企みはともかく、やはり左馬介が道謙を殺したのでは、と思ったようだ。新九郎はかぶりを振る。

「最初はそのつもりだったかもしれませぬ。しかし、様子を見ていると湯上谷殿には田渕殿を殺そうとする気配がない。いつまでも待っているわけにもいかないので、自身で殺し、湯上谷殿の仕業に仕立てるやり方に変えたのです」

「待て待て」

ここに来てようやく、新九郎の言いたいことを全て理解したらしい増田長盛が言った。

「自身で殺した、と言ったな。では田渕殿を殺した者とは、つまり……」

「はい。尾野忠兵衛殿です」

新九郎は尾野を見据えて、きっぱりと断じた。

「何と申したか。儂が田渕殿を手に掛けたなどと。聞き捨てならぬ」

尾野は脇に置いた刀に手を伸ばした。新九郎は気にしなかった。どうせ格好だけだ。三成と長盛の前で刃傷《にんじょう》に及ぶなど、できるわけがない。現に大垣も刀に手を掛けているし、襖の向こうでは三成の近習が、いつでも飛び込む構えでいるだろう。

「そればかりではござらぬ。ご貴殿はそれがしの探索が自分に近付きつつあるのを知り、加藤主計頭様のご家中のお方に働きかけ、加藤家の忍びにそれがしを襲わせましたな」

「何じゃと」

尾野だけでなく、長盛の眉も吊り上がった。

「加藤主計頭殿の手の者がその方を？　まさか」

「はい。その場は、島左近殿のおかげで難を逃れました」

長盛は目を丸くして三成の方を向いた。三成は無言で頷きを返し、長盛は唸り声を上げた。

「いったい何故、主計頭殿のご家来が……」

「借金の縁でございましょう」

新九郎が尾野を横目に言い切ると、長盛の目がまた大きくなった。

「主計頭殿の借金と尾野に、どういう関わりがあるのだ」

「大垣殿」

新九郎は大垣に問いかけた。

「主計頭様が青楽殿から借金しているというお話を、ご貴殿から伺いましたな。あれは、尾野殿が間を取り持ったのではございませんか」

いかにも、と大垣が深く頷く。

「そのように聞いておる」

「まっ、待たれよ」

尾野は真っ赤になった。

「主計頭殿の借金について青楽殿に口利きしたのは確かだが、だからと言うて」

確かに、それだけの縁で加藤清正の家臣を動かすのは難しいかもしれない。江戸でなら、そんなことで大名家が殺しに手を染めたりはすまい。だがここは戦国だ。命のやり取りは、江戸よりずっと軽い。軽輩《けいはい》の侍一人始末するのに、躊躇《ためら》いはなかろう。

とはいえ尾野も、己《おの》が家中の侍に伏見城下で騒ぎを起こさせたくはなかったのだ。そこで他家の忍びを使うことにした。新九郎は三成の配下と思われている。小西行長と三成のせいで謹慎に追い込まれたと恨んでいる清正の家臣たちなら、尾野が言葉巧みに三成に一矢報《いっしむく》いる機会だと吹き込めば、話に乗っただろう。

「主計頭様の忍びの頭を呼び出し、確かめることもできましょう」

新九郎は三成にちらりと目をやって、言った。いかに清正が三成を嫌っているとはいえ、三成の力なら、そのぐらいはできそうだ。

「いい加減にしろ！」

尾野が声を荒らげ、膝を立てた。右手は、もう刀の柄にかかっている。

「言わせておけば、この儂を……」

「控えぬか、尾野忠兵衛」

三成の怒声《どせい》が飛んだ。尾野は顔を歪めて動きを止め、手を握りしめて膝に置いた。

「証しはあるのか」

尾野はまだ抵抗を試みた。正直、絶対という証しはない。新九郎は開き直った。

「証しになる物はござらぬ。しかし、田渕殿を殺す理由があり、田渕殿の屋敷を訪れたことがあって庭の配置などを知っており、青楽殿と深い関わりがあり、加藤主計頭様のご家臣を動かすことができ、なおかつ湯上谷左馬介殿をよく知る者。これだけ揃ったお方と言えば、尾野殿しかいないでしょう」

「いや、探せば他にも……」

「それがしは、田渕殿が人に恨まれそうな性分で、大垣玄蕃殿や青楽殿も田渕殿に良からぬ思いを抱いているように聞きました。なので一時はその方々を疑ったが、考えてみれば、それは皆、あなたの口から出たことでしたな」

「だからと言って、何だ」

さらに尾野が嚙みつこうとしたところで、増田長盛が口を挟んだ。

「おい、さっき青楽がお膳立てをしたと申したな。だが青楽は尾野に金を貸していたのだろう。貸した者が借りた者の企みに手を貸す理由がどこにある」

貸主の方が立場が強いのに、何故言いなりになるのだと思うのは当然だ。そこは新九郎も考えてあった。

「借金を踏み倒す、と逆に脅す手もございますからな」

「しかし、三千貫じゃぞ。大金だが、それで青楽の身代《しんだい》が傾くほどではない」

「おっしゃる通りです。しかし、尾野殿は青楽殿に大名方への口利きをしておった由《よし》。それら貸付先の大名方と語らい、ことごとく踏み倒すと開き直られれば、青楽殿とて致し方ございますまい」

大名貸しの総額は、何万或いは何十万貫にもなるだろう。尾野の扇動で大名たちが尻をまくったら、青楽は忽《たちま》ち潰れる。そういう脅し方もあるのではと推測したのだ。尾野の顔を見ると、言い返さぬまま酷く憎々し気に新九郎を見ている。図星を指したようだ。長盛も、なるほどという顔で顎を撫でている。その様子を見た尾野は、歯軋りして新九郎の方に体を向け、にじり寄った。

「よし、そうまで言うなら儂の脇差を調べてみよ。近頃人を刺した証しでもあるか、よく見ればいい」

尾野は脇差を摑んで差し出す素振りを示した。新九郎は肩を竦める。

「田渕道謙殿はご自身の脇差を奪われて刺されました。尾野殿のものを調べても仕方がない」

言ってから、新九郎はわざとらしく首を傾げてみせた。

「おや、田渕殿を刺した得物《えもの》が脇差であると、誰か尾野殿に申しましたかな」

尾野の顔色が変わった。引っ掛けだが、これもうまく嵌《は》まったようだ。

「そ、それは噂で耳に挟んでおる。言葉尻を捉えて……」

「もうよい！」

三成が手にした扇をぴしりと叩きつけ、怒鳴った。

「それだけ筋が通っておれば、充分じゃ。尾野忠兵衛、この場でそなたを召し捕る」

言い終わると同時に左右の襖が開き、十人ほどの侍が雪崩《なだ》れ込んだ。大垣と堀がさっと身を引き、立ち上がろうとした尾野はあっという間に取り押さえられ、畳に組み敷かれた。

三成が座を立ち、押さえ付けられたままの尾野の傍らに膝をついた。尾野が目だけ動かし、三成を見上げる。その顔に向かって、三成が問うた。

「欲を出し過ぎたか。愚かなことよの」

尾野は一度歯噛みし、呻くように言った。

「一つだけ、わからぬことがあります」

新九郎は尾野に近付いて、尋ねた。

「お力を考えれば、領地は宇喜多様の方に行くのが至当《しとう》でしょう。何か宇喜多様に勝てる算段がおありになったのですか」

尾野は首を捩《ね》じって新九郎を睨みつけると、絞り出すように言った。

「あの地は……本を正せば我が先祖のものだったのだ」

その言い分を聞いた三成は、ふう、と溜息をつくと立ち上がり、尾野を下に見て言った。

「それは理由にならぬ」

三成は畳んだ扇を近習に向けて振った。近習は尾野を立たせると、引きずるようにして部屋から連れ出した。

「驚いたな」

長盛が新九郎の方を見て、呟いた。

「どうやら誠に、こういうことに長《た》けておるようじゃな」

「恐れ入りましてございます」

新九郎は畏まって一礼した。三成は立ったまま、しばし新九郎を見ていたが、やがて「ご苦労だった」と言うと、長盛に頷いてから座敷を出た。新九郎にかけた労いの言葉は、それだけだった。


「何と、そういうことであったか。あの尾野忠兵衛が」

慈正寺に奈津姫を訪ね、顛末《てんまつ》を話した。やはり奈津は驚きを示したが、すぐにその顔は安堵に変わった。

「これで左馬介は救われたのじゃな」

「はい。尾野の詮議の後、明日の申《さる》の刻（午後四時）までには解き放つ、ということですので、それがしが迎えに参ります」

「明日の夕刻か。すぐにも解き放てば良いものを」

「顛末を太閤様に申し上げるまで、慎重を期しているのでしょう。治部少輔様らしい手堅さと見ておきましょう」

そんなものかのう、と嘆息してから、奈津はやにわに手をつくと、新九郎に

で」

深々と頭を下げた。

「またそなたに助けられた。何と礼を申してよいかわからぬ」

「いや、どうぞお手をお上げ下さい。それがしは、自分にできることをしたまで」

新九郎は慌てて言った。奈津はゆっくり顔を上げ、「済まぬ」と小さく呟いた。

「左馬介は、運が悪かったのじゃな。よりによって、田渕道謙殿が殺されたその場に入り込んでしまうとは」

「いや、逆です。湯上谷殿は、運が良かったのです」

奈津は怪訝な顔をした。

「どういうことじゃ」

「意外に思われるのも無理はございません。ご説明申し上げます」

新九郎は咳払いして、話し始めた。

「尾野忠兵衛の企みというのは、割合単純だったのです。青楽に田渕道謙殿を訪ねさせ、庭に誘い出したところで、裏から入って潜んでいた尾野が隙をついて襲う、というだけでした。湯上谷殿を煽《あお》り立てて田渕殿を斬らせるつもりが、思惑通り行きそうにないので、湯上谷殿が田渕殿のところに怒鳴り込む頃合いを見計らい、事に及ぼうとしました」

「自分の邪魔をする道謙殿を排し、左馬介を身代わりにするつもりだった、ということじゃな」

「そうです。田渕殿の死骸が見つかれば、怒鳴り込んでいた湯上谷殿にまず疑いが向く。その上で青楽に、それらしい者が逃げる後ろ姿を見たとでも言わせれば良い。湯上谷殿には、潔白の証しを立てることは難しかったでしょう」

そうかもしれぬ、と奈津は頷いた。

「父上が詮議の最中であれば、味方する者も少なかろう」

「尾野もそれを見越していました。ところが、実際に手を下す段になると、様々な思惑違いが出て参りました」

「それは……大垣玄蕃殿や上郡三郎兵衛殿が来合わせたことか」

「左様でございます。青楽は一人で田渕道謙殿と会うはずが、大垣殿と鉢合わせして、同席する羽目になった。しかも途中で上郡殿が来て、田渕殿はそちらに行ってしまった。既に事は動き出し、尾野は屋敷の裏手で待っている。青楽としては、何とか大垣殿と上郡殿の目を誤魔化さねばならない。そこで必死に頭を働かせ、上郡殿の座敷から田渕殿をこっそり呼び出し、大垣殿に気付かれぬよう庭に出た。それを侍女に見られてしまったのです」

「思い付きで余計なことをして、墓穴を掘ったのか」

「はい。田渕殿が殺されてすぐ、青楽は屋敷内に入って上郡殿が何か気付いていないか、廊下から様子を窺いました。幸い、上郡殿は静かな様子でした。青楽はこれで安堵して大垣殿の居る座敷に戻り、騒ぎが起きると知らぬ顔でそこに加わった。侍女が自分を訪ねて来るまでは、まさか見られたとは思っていませんでした。だが気付かれた以上、青楽は侍女を殺さねばならなくなった。しかし自ら手を下したことで怖気《おじけ》づき、尾野にまずいことになったと訴えたのでしょう。これで尾野にとっては青楽自体が弱みになった。万一青楽が自白して自分が太閤の御側衆を殺したと発覚すれば、斬首《ざんしゅ》は免《まぬか》れません。尾野としては、青楽を始末するしかなくなったのです」

「なるほど。一つの手違いを直そうとして、どんどん裏目に出て行ったのじゃな」

　奈津は得心したらしく、何度も頷いた。

「そして湯上谷殿です。あの時、何とか田渕殿に会って話をしようと屋敷の周りを窺っていたそうですが、尾野は田渕殿を殺して逃げようと裏木戸を開けたところで、湯上谷殿が塀を回ってこちらに来るのに気付いた。そこで慌てて戸を閉め、元通り植え込みに潜んだのですが、湯上谷殿は裏木戸が開け閉めされるのを目で捉えていました。そうなると、そこから中を覗いてみようと考えるのが人情というもの。湯上谷殿はあまり深く考えることもなく木戸を入り、死骸を見つけて呆然とすることになりました。尾野はその隙に、逃げてしまったのです」

「そのために左馬介は捕らえられたのであろう。左馬介も浅はかであったが、やはり運が悪いということにならぬか」

「尾野もそう思ったでしょうな。罪を着せようとしていた相手が、自らその場に入り込んできたのですから」

　ところがそうではなかったのです、と新九郎は笑みを浮かべた。

「湯上谷殿がその場で見つかったため、刀にも触れず逃げもせず突っ立っているなど、どうも理に合わぬことが出てしまった。それを聞いてそれがしは、湯上谷殿の仕業でないと確信いたした次第です」

　尾野の初めの企み通りに事が運んでいたら、湯上谷左馬介を救うことはできなかっただろう。だから運が良かったのだ、と告げると、奈津は目を丸くした。

「そなたは……凄い男じゃな」

「とんでもない。まあ、多少目端《めはし》は利きますが」

新九郎は照れ笑いして頭を掻いた。奈津に尊敬のこもったような目で見られると、さすがに面映《おもは》ゆかった。

「これで一つ、救われた思いじゃ。何度礼を申しても、足りぬ」

奈津はもう一度、頭を下げた。いえいえ、と恐縮しかけた新九郎は、はっとした。奈津の目が、潤んでいる。だがそれは、嬉しさからだけのものではないように見えた。

「あの……何か他にもご心配がおありで」

思わず尋ねた。奈津は、びくりと肩を動かした。

「やはりそなたの目は、確かじゃな」

奈津は小さく笑うと、目を庵の丸窓の方に向け、静かに言った。

「今朝、御沙汰が届いた」

新九郎は、ぎくりとした。

「お父上の……式部様のことにございますか」

まさか、切腹か。背筋が寒くなったが、奈津はかぶりを振った。

「家督を継いで間もない孫三郎と共に、改易の上、高野山《こうやさん》に追放じゃ」

それは、と呻いたが、新九郎はどう言っていいかわからなかった。

「命は長らえた。しかし、この先、父上にも孫三郎にも会うことは叶うまい」

奈津は新九郎に微笑みを向けた。その笑みは、ひどく寂しそうに見えた。

「お察し申し上げます」

新九郎は礼儀をかなぐり捨て、奈津の傍に寄った。

「奈津様は、如何相成《あいな》るのです」

「何の沙汰もない。治部少輔らにとっては、奈津などどうでも良いのかもしれぬの」

少なくとも、三条河原でこの首を失うことはなさそうじゃ、と奈津は殊更《ことさら》に明るく言った。一瞬、青野城で会った昔の奈津が現れた気がした。だがその顔は、すぐまた翳《かげ》った。

「子らにも、もう会えぬであろう」

そうだ。前夫にしてみれば、罪人の娘となった奈津に大事な跡継ぎを会わせたくはあるまい。この時代の侍は、家を守ることにかけては江戸よりはるかに非情なのだ。

「いっそ、ここで尼になるか」

奈津はそんなことを呟いた。同じ境遇なら、そのようにする者は多いだろう。だが、それはいけない。新九郎は思わず手を伸ばし、奈津の手に触れた。

「それはなりませぬ。早まっては」

新九郎は奈津に訪れる未来を知っている。ここで人生を諦める必要はないのだ。

奈津は手を払おうとはしなかった。少し驚いたように新九郎の顔を見つめた。

ほんの数瞬、そのまま動かずにいたが、気付くと奈津は新九郎の肩に身を預けていた。

「新九郎……」

奈津は囁くように言った。

「抱いてくれぬか」

新九郎の胸が、激しく打った。このまま手を回し、奈津を抱き寄せてそのまま倒れ込もうとする衝動に抗うのは、並大抵のことではなかった。

「その儀は」

そっと奈津の肩に両手を当て、体を離した。奈津は哀しそうに俯いた。

「やはり、こんな婆では駄目か」

「違います」

新九郎はかぶりを振り、できる限りの優しさを込めて微笑んだ。

「奈津様は、私のご先祖様なのです」

奈津は、きょとんとして新九郎を見返した。言われたことを呑み込むのに、少しかかったようだ。それから突然、弾かれたように笑い出した。

「はは、そうであったか。なるほど、それでいろいろと腑に落ちた」

奈津はこれまでを思い返しているらしく、一人でうんうんと頷いている。

「奈津を救うということは、己自身を救うことでもあったわけじゃな」

「確かに、そうとも言えましょうな」

新九郎も頷きを返した。

「それに、私には許嫁がおります」

ほう、と奈津が眉を上げた。元の奈津に戻り、悪戯《いたずら》っぽく見える笑みを浮かべている。

「どのような女子じゃ。さぞ美しいのであろう」

「実はその、奈津様に瓜二つでございまして」

奈津は当惑しつつもどこか嬉しそうな顔をした。

「それは戯言《ざれごと》でなく、真の話か」

「はい。志津と申しますが、この志津もまた、奈津様の子孫になりますので」

何となと奈津は目を見開く。

「我が子孫同士で夫婦《めおと》になると申すか。それはまた何とも……」

「めでたきこと、と言って下さい」

「ああ、そうであった。うむ、誠にめでたい」

奈津はまた笑ってから、感慨深げに言った。

「何より、わが血筋がそなたらの、二百年先を超えて続いてゆくのがめでたい。それを思えば、これから一人で生きるのも苦にはならぬ」

奈津は、前夫の木下家に残した子らが新九郎に繋がると思ったらしい。だが、そうではない。

「いえ、奈津様はお一人ではございませぬ」

おや、と奈津は首を傾げた。

「誰かと暮らすということか」

「ずっと前より、奈津様のことを思い続けておる方がおられましょう。奈津様もそのこと、お気付きであったのでは」

奈津が息を呑む気配がした。それからゆっくり息を吐くと、穏やかな顔で新九郎を見た。

「そうであったな」

はい、と新九郎が返すと、奈津は遠くを見るようにして、言った。

「その者に伝えてくれ。待っておると」

「畏まりました」

新九郎は居住まいを正し、一礼した。

「では、これにてお暇《いとま》いたします」

「帰るのか」

奈津が心配げな顔になった。

「帰る方法は、存じておるのか」

「正直、しかとはわかりませぬが、この前も帰れた以上、此度も大丈夫でしょう」

「そんなあやふやなことで、良いのか」

奈津は困惑気味に眉を下げる。

「私はこの時代には本来居てはならぬ者。このまま居続けることを、天が許しますまい。どうにかして、帰そうとするでしょう」

新九郎は、自分は奈津姫と湯上谷左馬介を救うために来たのだ、と思っている。その役目が済んだ以上、ここに留められる理由はないと考えていた。もっとも、天の思惑などわかるはずもないが。

わかった、と奈津は頷いた。

「何としても無事に帰れ。志津殿のもとへ」

「はい、必ず。どうか奈津様も、息災で」

新九郎は、残る思いを振り払うようにさっと立つと、庵を出た。本堂の脇に来たところで、一度だけ振り向いた。奈津は障子を開けた座敷で、こちらに向かって深く頭を下げたまま、動こうとしなかった。

十一

翌日申の刻、新九郎は左馬介を迎えるため、牢に出向いた。他に迎えらしき姿はない。鶴岡家が改易になり、家臣たちは早くも散り散りになったのだろう。

牢番頭の野島は新九郎を待っていたようだ。新九郎の姿を見て、肩の荷が下りたようなほっとした顔になった。

「御指図は受けております。只今連れて参ります故、お待ちを」

野島は牢内に入ると、さして待たせることもなく左馬介を伴って戻って来た。

「後はお任せ申し上げます。では、これにて」

野島は左馬介を押し付けるようにすると、さっさと引っ込んでしまった。残された左馬介は、だいぶ傾いた日の光に眩しそうに目を瞬いてから、新九郎に笑みを見せた。

「どうやらずいぶんと骨折りをさせたようで、相済まぬ」

「なあに。うまく疑いが晴れて、こちらもほっとしました」

「兄上にもよろしく伝えてくれ」

兄、と言われて新九郎は首を捻りそうになったが、左馬介には青野城で会った新九郎の弟だと告げていたのを思い出し、急いで「無論、伝えておきます」と言った。

「奈津様も、お喜びです」

奈津の名を聞くと、左馬介の頬が染まった。もういい年だというのに、わかりやすい男だ。

「すぐにもご挨拶に行きたいが、この姿ではな」

ずっと牢に入っていたので、小袖は黒ずみ、すえたような臭いがしていた。それでも左馬介の顔は、そこまで汚れてはいない。

「思ったよりはさっぱりしておられますが」

「ああ、解き放ちが決まって、水浴びさせてもらった。湯屋《ゆや》にでも行きたいところだ」

ここでは江戸のように頻繁に湯屋（と言っても蒸し風呂だが）に行くことはないが、水浴びしたとはいえまだ相当気持ちが悪いようだ。それから左馬介は、思い出したように言った。

「さて、どこへ帰ったものかな。鶴岡家が改易となったことは聞いた。さすれば、もはや鶴岡家の屋敷にはもう入れまい」

牢から出たものの、宿なしの牢人じゃと左馬介は苦笑した。

「取り敢えず今宵は、それがしが世話になっている光運寺に泊まられては。住職にはお許しを得ております。そこで身なりを整え、明日、奈津様にご挨拶なさるのがよろしいでしょう」

「おう、それは助かる。有難くお言葉に甘えさせていただこう」

左馬介は安堵したようで、人の好い笑顔を見せた。では参りましょう、という新九郎に従い、連れ立って牢屋敷の門を出る。二人は町並みを背に東へ向かった。

「しかし、次の落ち着き先を考えねばならんな」

青野へ帰って百姓でもやるか、と左馬介は言った。

「あそこの我が畑まで取り上げるとは言わんだろう」

「そのことですが」

新九郎は歩きながら、左馬介の顔を窺いつつ言った。

「宇喜多家への仕官は如何でしょう」

「何、宇喜多へ」

左馬介は、心底驚いたようだ。新九郎は、悪くないと思いますが、と続ける。

「鶴岡家の領地は、恐らく宇喜多家のものになるでしょう。さすれば、旧領のことをよく知る鶴岡家の家臣から何人か、召し抱えることになるはず。その中に入れば」

「それなら、機を見るに敏な者はとうに宇喜多家に取り入っておろう。儂はさっきまで牢に入っておったのじゃぞ。しかも、何の伝手もないときている」

左馬介は諦めの笑みを浮かべたが、新九郎は構わず言った。

「伝手なら、ございます」

左馬介は、何の話だと眉間に皺を寄せた。

「上郡三郎兵衛殿を覚えておいでか」

「上郡？　ああ、確か田渕道謙殿が殺された時に屋敷に来ていた、宇喜多の家臣じゃな」

「先ほど、上郡殿に会って来ました。田渕道謙殿の一件が片付いたことをお伝えし、上郡殿が何の関わりもないと明らかになって、宇喜多家に火の粉がかかることはない、と申しました」

それから新九郎は、左馬介にニヤリと笑いかけた。

「少々言い方を工夫しましてね。上郡殿にはそれがしに借りが出来たと思わせました」

「借り？　上郡殿に疑いが向けられたりせぬよう、力を尽くしたとでも言うたのか」

「近い、とだけ申しておきましょう。なので上郡殿は、重臣方に湯上谷殿を推挙することを承知してくれました」

「何と……そこまで手配りしてくれたのか」

左馬介はいきなり立ち止まると、新九郎に向かって腰を折った。

「誠にかたじけない。何と申してよいかわからぬ」

「いや、気にせんで下さい」

何せご先祖様なんですからね、と新九郎は心の中で言った。やはりこの男、直情で不器用だが、お人好しで気のいい奴なんだ。これなら奈津姫が不幸になることはない、と改めて信じることができて、新九郎は嬉しくなった。

「では、二、三日の内に上郡殿をお訪ね下さい。それがしから聞いたと言ってもらえば結構です」

わかった、そうすると左馬介はまた頭を下げた。数年後には関ヶ原のせいでもう一波乱あるのだが、それはここでは言えないので、左馬介自身の才覚で乗り切ってもらうことになる。

奈津の様子なども交え、四方山《よもやま》話などしていると、城の空堀に差しかかった。多江が殺されたのはこの辺だったな、と思い出し、つい表情が硬くなった。

「牢に居る間に、多少は普請も進んだようだな」

新九郎の様子には気付かず、城を見ながら左馬介が言った。そちらに目をやると、相変わらず大勢の人足が立ち働いている。夕陽を受けた金色の瓦が放つ輝きが、人足たちに降り注いでいた。

「何度見ても、大層な城ですな」

皮肉を込めて言ったが、左馬介は素直に受け取った。

「誠に大層じゃ。近々明《みん》の使節を迎えるというので、太閤殿下の威を見せつけるためであろう」

太閤の威勢か、と新九郎は嘆息した。確かに、虚仮威《こけおど》し、と言うには立派過ぎる城だ。明国の城など見たことはないが、これほどの造りなら負けてはいないかもしれない。だが新九郎は、この城が来年起きる大地震であえなく崩壊することを知っていた。明国の連中に威容を示さぬままに終わってしまうのだ。伏見城は近隣にすぐさま再建されるのだが、そのこと自体が豊臣家の運命を暗示しているように新九郎には思えた。

しばし立ち止まって、城を見つめた。陽の光は徐々に弱まり、山の端に近付いている。夕陽を背にした城は次第に輝きを失い、鼠色に沈み始めた。

「湯上谷殿は、岩鼠《いわねずみ》をご存じか」

唐突に言ったので、左馬介は眉間に皺を寄せた。

「はて、どんな鼠かな」

「いや、鼠と言っても色の話です。鼠色の岩絵具《いわえのぐ》のことで」

ああ、と左馬介は首を傾げる。

「どれを岩鼠と言うかは知らぬが、その鼠色がどうかしたか」

「この城ですが、どうも岩鼠に見えましてね」

はて、と左馬介は訝しむ様子だ。

「沈みかけた陽を背にしておるので、確かに暗い色に見えるが」

「ええ、漆喰《しっくい》も土塀も濃い鼠色に見えます。ですが、そのことだけではない。この城の中では、様々な謀《はかりごと》や企みが渦巻いておるようで、それが鼠色の如く感じられるのです」

左馬介は、啞然としたように見えた。何故ここでそんなことを言い出すのだ、と不審を覚えたかもしれない。新九郎は気にしなかった。

「今、この日の本は太閤一人が全てを差配している。誰もが太閤に取り入り、歓心を得ようと奸計《かんけい》を巡らせて足を引っ張り合う。この太閤の城には、そんな鼠みたいな連中がひしめいている。鼠色の薄汚れた泥にまみれているんです。その泥に、式部様もそこもとも吞み込まれた。前関白様さえもね。そう思いませんか」

左馬介は俯き、うーむと唸った。

「言いたいことは、わかる。しかしそれはどこの家中も、大なり小なり同じではないかな」

「かもしれません。ですが、日の本のてっぺんにあるお方の周りでは、起きてほしくないことです。泥の量ははるかに多く、飲み込まれる人の数もその度合いも、酷いものになるわけですから」

それはそうだ、と左馬介は賛同した。

「儂も、三条河原のようなものは二度と見たくない」

おかしなものだな、と左馬介は言う。

「槍や鉄砲や刀で命を奪い合う戦が収まったと思ったら、今度は泥に命を奪われる、か。戦の方がわかりやすく、諦めやすかったかもしれんな。皮肉なもんだ」

左馬介は、城を指差した。

「お主はここを、岩鼠の城とでも言いたいのであろう」

岩鼠の城か、なるほど。

「そう言えば太閤は昔、総見公《そうけん》（織田信長）に禿鼠《はげねずみ》と言われていたそうですな。ふさわしいかもしれぬ」

「おい、滅多なことを言うでない」

左馬介が、慌てて肘で新九郎を小突いた。が、その目は笑っていた。

城から目を離して歩き出した時、後ろから蹄《ひづめ》の音が響いてきた。先に通そうと思い、脇に寄る。だが蹄の音は、近付くにつれゆっくりになり、やがて止まった。二人揃って振り返る。馬上の侍がこちらを見下ろし、顔を確かめてから馬を下りた。

その侍が誰かわかって、新九郎はさっと頭を下げた。

「これは島左近殿」

左馬介が目を見張り、一歩下がった。

「光運寺へ行こうとしたのだが、ここで会えたのは丁度良かった」

新九郎に愛想笑いのようなものを向けてから、左近は左馬介を一瞥《いちべつ》し、「こちらは湯上谷左馬介殿か」と尋ねた。三成から、新九郎が牢へ迎えに行ったと聞いていたのだろう。左馬介が「左様でござる。お見知り置きを」と応じると、左近は軽く会釈を返し、「此度は災難でござったな。しばし養生《ようじよう》されよ」と見舞いを述べてから新九郎に言った。

「瀬波殿。我が主が、会いたいとのこと。明日、屋敷までご足労願えるか」

また来いと言うのか。新九郎は訝しんだ。田渕道謙のことは片付いたはずなのに、これ以上俺なんかに何の用があるんだ。しかし、断れそうにはなかった。

「承知仕りました」

返事に満足したらしい左近は、「では明日」と言い置くとさっと馬に跨《また》が》り、馬首を巡らせて去って行った。左馬介はしばし気圧されたように見送ってから、新九郎の肩を叩いた。

「島左近殿と、知り合いか」

「はあ、少々縁ができまして」

忍びに襲われて云々などは、面倒なので伏せておいた。ふむ、と左馬介は首を傾げる。

「左近殿と言えば治部少輔殿の最も信篤《しんあつ》き重臣。そんな大物が、小者の使いで済むような用件にわざわざ出張るとは、どうしたことか」

「さあ、それがしにもよくわかりかねますが」

左馬介は、しげしげと新九郎の顔を見た。

「お主、治部少輔殿に余程気に入られたのではないか」

新九郎は困惑した。

「気に入られるような覚えはありませんが」

「いや、此度の一件を手際よく解いたではないか。治部少輔殿も、太閤殿下に顔が立ったはず。恩義に感じてもおかしくはなかろう」

治部殿に取り入って、損はないぞと左馬介はまた肩を叩いた。新九郎は笑みを返したものの、どうにも落ち着かない気分だった。三成は、自分にまた何かさせたいのだろうか。


翌日、昼を過ぎてから石田三成の屋敷に行った。前と同じ客座敷に通されると、ほとんど待たされることなく三成と左近が出てきた。今度は左近も襖の向こうに控えるのではなく、同席するようだ。

「呼び立てて済まんな」

座るなり、三成が言った。今日はいつもより腰が低い。

「お呼びとあれば、いつなりと」

一応、そんな挨拶を返した。三成は鷹揚に頷く。

「此度のことでは、世話になった。なかなかに水際立った働きじゃ。奈津殿が惚れこんだだけのことはある」

おいおい、今のは軽口か。思わず赤面しそうになる。

「恐れ入りましてございます」

「知っての通り、田渕道謙殿は太閤殿下の御側衆の一人。殿下からも心してかかるよう仰せつかっておったが、事の次第が全て明らかになったことで、殿下も満足なされておる。改めて礼を申す」

驚いたことに三成が頭を下げ、左近もそれに倣《なら》った。新九郎は却って薄気味悪くなった。

(尾野を断罪したあの場では、ご苦労のひと言だけだったたってぇのに、やけに手厚いじゃねえか)

太閤に報告するまではどうなるかわからなかったが、太閤が喜んだことで安堵したってわけか。勝手なものだと思ったが、三成もそれだけ太閤には気を遣わないといけない、ということだろう。

「ところで、そなたは毛利家を出た牢人であると聞くが」

えっ、と思ったが、確かにそういう触れ込みで通していた。

「左様にございますが」

「では、どうじゃ。儂に仕《つか》える気はないか」

その言葉を解するのに、少し暇がかかった。あまりに思いがけなかったからだ。石田三成が、この俺を召し抱えたいだと？

絶句していると、三成が畳みかけて来た。

「儂の元には、これなる左近を筆頭に、武勇をもって鳴らす者は幾人もおる。が、これからは戦より世の中をまとめ、民を統《す》べるための仕事が重きを成してくる。それにはそなたのように仔細《しさい》まで頭が回り、機転が利く者が必要じゃ。生憎、そういう者は多くはないのでな」

「それは……」

新九郎は焦った。冗談じゃない。三成は関ヶ原で、西軍の大将になる男だ。三成の家来になるということは、一番下っ端とはいえ徳川《とくがわ》の直臣である俺が、徳川の敵になってしまうのだ。断じてそんなわけにはいかない。

「さしあたり、五百石と思うておるが」

新九郎が迷っていると思ったらしい三成が、禄まで示してきた。三十俵《ぴょう》二人扶持の俺が五百石とは、またずいぶん買い被られたものだ。新九郎は、ふと思った。二百年先の江戸ではなく、この乱世に生まれていたら、俺の才覚で二、三千石の旗本ぐらいにはなれたのではないか。いや、数万石の大名だって夢ではなかったかもしれない。畜生、生まれるのが遅すぎたか……。

ええい、何を考えているんだ。新九郎は慌てて浮かんで来た思いを打ち消した。

「誠に有難きお話ですが、その儀は……」

新九郎は慎重に断りを口にしつつ、平伏した。

「五百石では不満か」

三成が言った。幸い、不快そうな調子ではない。

「いえ、五百石でも身に余るお申し出、恐悦至極《きようえつしごく》に存じます。さりながら、この身はまだまだ未熟。太閤殿下のご威光にて戦乱も収まりました故、さらに広く世の中を見て、修行いたしたいと存じます」

これで断る言い訳になっているだろうか。新九郎は平伏したままじっと待った。背中に汗が滲《にじ》んでくる。その背に三成と左近の厳しい視線が突き刺さるようであった。

長い時が流れたように感じたが、ほんの瞬きする間だったろう。三成が沈黙を破った。

「左様か。それもまた、良かろう」

はっとして顔を上げる。三成は、穏やかに新九郎を見ていた。

「ならば、そなたが修行が為ったと思うた時、また戻ってくれば良い。遠慮は要らぬ故、儂の元を訪ねよ」

意外だった。三成は新九郎がその気になるまで待つ、と言っているのだ。

（俺如きに、そうまで言うのか）

新九郎は感心せざるを得なかった。三成という男、後の世の評判とは違って懐が深いのかもしれない。だからこそ、西軍の大将に座ることができたのではないか。

「お言葉、誠に有難く存じます」

新九郎はもう一度平伏し、恐縮しつつ礼を述べた。三成はただ、「うむ」と頷いた。島左近は一言も発しないまま、新九郎をただ見つめていた。

十二

光運寺に戻ると、左馬介が着替えをしていた。部屋に着物の包みらしいものが二つばかり置いてある。さっきはなかったので、届けられたのだろう。

「おう、新九郎殿、帰ったか。治部殿の用事とは、何であった」

左馬介は陽気な声で聞いた。さてどう話したものか。考えたが、ここは正直に言っておくことにする。

「それが驚いたことに、仕官を誘われました」

そうか、と左馬介が笑みを向ける。

「もしかしたらと思うたが、やはりそうであったか。禄高は、何と」

「五百石、と言われました」

「それは気前が良いことじゃ」

左馬介は、目を回して見せた。

「で、受けたのであろうな」

「いえ、断りました」

左馬介が仰天した。

「何と勿体《もったい》ないことを。何が気に入らなかったのじゃ」

「何が、と申しますか……私は石田治部少輔というお人が、どうも好きになれんのです」

敵だから、とは言えないので、そういう言い方にした。だが好きになれない、というのも本音だ。今日は懐の深さを見せたものの、あの男については、冷徹で非情、という感がどうしても拭いきれなかった。

「そうか。好かぬと言うなら、仕方ないな」

左馬介は、思ったよりあっさりと得心した。戦国の世では、好き嫌いで主君を変える例も少なくなかったのだろう。

「では、これからどうする」

「旅に出ようかと思います。東国へでも」

「ふむ。それも良いかもしれぬな」

左馬介は、東に目をやるような仕草をした。ほんの少し、羨《うらや》むような気配があった。

「左馬介殿は、しばらくこちらに？」

「うむ。お主に口利きしてもらった宇喜多家への仕官が決まるまで、厄介になることにした。ご住職にも、お許しいただいている。幸い、鶴岡家の朋輩《ほうばい》で人のいい奴がいてな。屋敷にあった儂の荷物のうち、持ち出せるものは預かっていてくれた。金も少々、な」

左馬介は懐を叩いた。これで当面の暮らしは何とかなるようだ。

「しかし気になるのは、奈津様のことじゃ」

左馬介は、急に憂い顔になった。

「慈正寺の庵はいかにも寂しい住まいじゃ。この先ずっとお一人でお暮らしとは、あまりに不憫《ふびん》」

「離縁されてから、度々ご機嫌伺いに行かれていたのでしたな」

「嫁がれてから慈正寺にお移りになるまでは、三度ほどお会いしただけだったのだが」

その時はお子様方にもお会いした、と左馬介は目を細めた。

「実に良いお子様方であったが……このようなことで離縁となった以上、奈津様はお子様方と引き離されたままとなろう。お気持ち、察するに余りある」

左馬介は肩を落とし、うなだれた。心から奈津を心配しているのだ。

「ご挨拶には、明日行かれますか」

「そのつもりじゃ。少しでもお慰めできれば良いが、儂ではのう」

左馬介は自嘲するように頭を掻く。

「武骨者《ぶこつもの》じゃし、この年ではもう、器用なことはできん。おかげさまで牢から出られましたと御礼申し上げ、御迷惑をお詫びしたらお暇《いとま》する。後は陰ながら、お支えできることがあればいたすのみ」

「それだけで、よろしいのですか」

次第に歯痒《はがゆ》くなってきた新九郎は、言葉を強めた。

「いや、それだけと言われても」

「奈津様をお一人にして、ただ陰から見ているると？　それだけで終わらせるのですか」

「おいおい、どうしろと言うのじゃ」

困った顔をする左馬介に、新九郎は迫った。

「ずっと以前から、奈津様に思いを寄せておられたのでしょう」

「なっ……何を言うか」

左馬介は、真っ赤になった。

「お主の兄が、そう申したのか」

ぎくっとしたが、その通りだと答えるしかない。

「何とお節介《せつかい》な奴じゃ。弟のお主にまでそのようなことを。儂が姫様に懸想《けそう》しておったなどと……」

「悪いことではないでしょう」

新九郎が言うと、左馬介はさらに紅潮し、湯気を立てんばかりになった。

「主の姫にそのような……それは不忠《ふちゅう》」

「何が不忠なものですか。そんな例は、他家にもあるでしょう。下剋上《げこくじょう》で旧主の姫を強引に我が物にするのとは違うのです。奈津様をお一人で放っておく方が、余程不忠だと思いませぬか」

左馬介は、言葉に詰まった。新九郎を睨んだまま、金魚の如く口をぱくぱくさせている。新九郎はぐっと息を吸って気を落ち着かせてから、静かに言った。

「待っている、と仰せでした」

左馬介の目が、呆然としたように大きく見開かれる。

「待っている？　まさか」

「湯上谷様を、待っていると」

「奈津様が、そう申されたのか」

はい、と新九郎は頷く。

「そうか」

左馬介は自分の膝を、ぐっと摑んだ。

「待っていて下さるか。この儂を」

左馬介の双眸《そうぼう》に、光るものが湧き出した。

その夜遅く、新九郎は左馬介が寝入ったのを確かめ、夜具から出て音を立てないよう気を付けながら、押入れから江戸の着物を取り出した。隣の部屋に移り、手早く着替える。腰に大小と十手を差すと、気持ちが江戸の同心に戻った。いよいよ、ここを去る時だ。

新九郎はそっと庫裡《くり》から外に出た。良霍には、夜半の内に出て行く旨、告げてある。ずいぶん世話になったのに、まともな礼もできず申し訳なかったが、良霍は気にするなと言ってくれた。

「何事も御仏の思《おぼ》し召し。去るべきと思われたら、躊躇《ためら》わず去ることです」

恐縮しつつ、新九郎はその言葉に甘えることにした。二百年後にも光運寺が伏見にあるなら、寄進《きしん》しに行かねばならないな、と思った。

僅かな月明かりを頼りに、道に出た。どっちへ行ったものかと考えたが、水辺に寄った方がいいだろう。どうやれば江戸に帰れるのか、今もわかってはいない。しかし、伏見に居続けるのはまずいと直感が告げていた。何しろ、三成から仕官まで誘われたのだ。役目は済んだはずだし、これ以上目立つと何が起きるかわからない。

光運寺の池に出てきたのだから、また同じ池に飛び込むことも考えた。だが、それでは安直過ぎる気がした。前は崖から落ちたことで二百年を飛び越えたが、行きと帰りは近くとはいえ、同じ場所ではなかった。光運寺の周りには宇治川や、川から城に引き込んだ舟入《ふないり》がある。水が張られた堀もある。どれかが使えるかもしれない。

（しかし、本当に帰れるんだろうな）

一抹《いちまつ》の不安は、拭えなかった。もし駄目なら、本当に旅に出るしかないだろう。五年辛抱し、関ヶ原の戦で東軍に紛れ込みでもするか。それで駄目なら、この時代の江戸でも……。

新九郎は足を止めた。人の気配がある。目を凝《こ》らすと、七、八間ほど前に黒い人影が浮かび上がった。この前襲われた時のことが甦り、ぎくりとするが、今度は一人のようだ。しかし、こんな夜更けに、通りすがりであるはずがない。盗賊の類いか。夜中に待ち伏せても、獲物は通らないだろうに。

背筋が凍りついた。明らかな殺気が感じられる。新九郎は、一歩後ずさった。腰の刀に、手を掛ける。その時、聞き覚えのある声が飛んだ。

「瀬波新九郎殿。どこへ行かれるのかな」

心《しん》の臓《ぞう》が跳ね上がった。島左近だ。

「旅に出る、と申したはずですが」

辛《かろ》うじて震え声にならずに言った。微かな笑い声が返ってくる。

「ほう、旅か。どちらを目指される」

「それは……」

東の方、と言いかけたが、間が抜けているように思えて黙った。左近からは、再び微かな笑い声がした。

「わかっておる。江戸の大納言《だいなごん》殿のところであろう」

江戸の大納言？　何だと眉をひそめたが、すぐ気付いて飛び上がりそうになった。徳川大納言。東照神君《とうしょうしんくん》家康公のことか。

「何故、そう思われる」

辛うじて聞いた。本当に、どうして家康公のところに行くなんて思ったんだ。

「隠さずとも良い。そなた、江戸から来たのであろう」

唖然とした。まさか左近は、俺が何者か知っているのか？　どうして二百年後から来たとわかった？　知っているのは奈津姫だけのはず。まさか奈津姫が？　いや、そんな奇想天外なこと、信じる者が他に居るとは……。

「どうしてわかったか、不思議か。教えてやろう。そなたの着物を調べたのだ」

着物？　いったいいつの間に。しかし着物で何がわかる。

「懐に、妙な布が入っておった。白地に青い波模様がある。その隅に、書いてあった。江戸田原町中井屋《えどたわらまちなかい や》、とな」

しまった、と思わず額を叩いた。手拭いだ。そう言えば、懐に丸めて突っ込んであった。中井屋という小間物屋が客に配ったもので、俺も一枚貰っていた。そうか、それで江戸から来たとわかったんだ。

「江戸と言えば徳川の膝元。迂闊《うかつ》であったな、そのようなものを持ち歩くとは。まさか調べられるとは思っていなかったようだな」

そうか。左近は俺が、二百年後ではなくこの時代の江戸から来たと思っているのか。しかし、いつ調べた。俺の留守に光運寺に忍び込んだのか。見張られているとは承知していたが……。

そこでようやく気が付いた。

「良霍和尚か……」

思わず口に出す。左近がまた笑うのが聞こえた。

「今まで疑いもせなんだか」

くそっ、と新九郎は内心で毒づいた。そういうことか。良霍が何故、いきなり現れたどこの誰とも知れぬ俺に着物や金まで用意してくれるほど親切だったのか。良霍は三成と繋がっていたのだ。三成は太閤の下で伏見の町を支配しているのだから、何も不思議はない。俺を怪しみ、寺に留め置いた上で三成の指図を受け、素性を調べていたのだ。

「徳川の間者《かんじゃ》だとでも思っているらしいが、寺に迷い込んで池に落ちて気を失うような、そんな間抜けな間者がどこに居る」

左近からは、嘲笑めいたものが返ってきた。

「怪しく見せぬための、手であったのであろうな」

そんな風に言われると、逆に自分が馬鹿みたいに思えた。

「では、どうして俺に好きにさせていた」

「そなたのことはずっと見張らせていた。全く好きにさせていたわけではない。どこへ行って何をしたかは、全て承知している。それに、湯上谷左馬介を救おうとしたのは、本当に思えた。何故、徳川大納言の手の者がそうするのかは、わからなんだが」

「それは俺の義理に関わることで、徳川とは関わりのない話だ」

奈津や左馬介まで家康公と通じていると思われては堪《たま》らない。

「かもしれんな。どう見ても、左馬介が大納言と関わっているとは考えられぬ」

幸い、左近は左馬介までは疑っていないようだ。主家の鶴岡家自体が徳川と接してはいないのだから、当然のことだった。

「いったい、俺が何をしに来たと思ってるんだ」

俺がやったことと言えば、田渕道謙を殺した下手人を挙げただけだ。三成としては、何も損はしていないだろうに。

「そなたはあの調べを通じて、太閤殿下の近習らが互いに何を考えているか、播磨国人衆がどんな動きをしているか、誰が播磨に領地を欲しているか、つぶさに知ることができたはずだ。豊臣家の内情を探るには、大いに役立ったことであろう」

なるほど。つい得心しそうになった。確かに、豊臣家の家臣や大名たちが太閤の周囲で、より良い立場を求めて争っている様子は、素人の新九郎にも窺い知ることができた。しかしそんなことぐらい、畏れ多くも神君家康公なら、とうの昔にご存じのはずだ。

「別に俺なんか使わなくとも、わかることではないのか」

「さあな。徳川はそなたのような者を、幾人も放っておるからな」

新九郎は舌打ちした。左近は新九郎を、徳川の間者だとすっかり決めて疑っていない。これはかなりまずいことになりそうだ。

「それなら何故、忍びに襲われた時、俺を助けたんだ」

「あの時はまだ、田渕道謙殿の一件が片付いておらなんだからな」

畜生め、承知の上で最後まで利用する肚だったか。

「それに、主計頭殿には妙な所で首を突っ込んでもらいたくなかった」

ああ、なるほど。確執が深まるのを恐れたわけか。

「しかし俺を召し抱えようなんて、治部少輔はどういうつもりだったんだ」

「あれはな、そう持ちかけてそなたがどう答えるか、見てみたのだ。案の定、断ったな。苦しい言い訳で」

やっぱりそういうことか。懐が深いなんて思った俺が、間抜けだった。

「うんと言ったら召し抱えたか」

「どうかな。徳川の間者を飼っておくのも、面白いとは思うたが」

ちっ、馬鹿にしやがって。

「で、俺をどうする」

「わかっておろう。このまま帰すわけにはいかぬ。そなたのような者を使うのは控えろと、徳川にわからせなくてはならんしな」

弱い月の光を浴びて、何かが光った。左近が刀を抜いたのだ。新九郎は、血の気が引くのを感じた。刀に手を掛けたが、思いとどまる。相手は島左近だ。前に青野城を出た時も、城の侍に命を狙われ、斬りかかられた。山の斜面で木々などの邪魔が多く、足場も悪かったために、十手を振るってどうにか逃れた。いや、逃れたと言っても、実は崖から落ちたのだが。

今度はそうはいかない、とわかっていた。忍びを斬った技の速さは、新九郎自身が見ている。しかもここは、普請で平らに均《なら》された道の上である。足元を誤って仕損じる、などということは、まず考えられない。

（絶体絶命、ってのはこういうのか）

頭に志津の顔が浮かんだ。一緒に奈津の顔も。並ぶと親子のように見えるだろうなと、埒もないことを思った。どこの神様がこんなことを仕組んだか知らねえが、頼むから、無事に帰してくれ。

影が動いた。いよいよ左近が斬りかかって来る。十手を抜こうとしたが、まず役には立つまい。では、どうする。

決まっている。三十六計逃げるに如《し》かず、それしかない。左近が地を蹴った、と思った刹那《せつな》、新九郎はさっと身を翻《ひるがえ》した。そのまま、脱兎《だっと》の如く駆ける。逃げるとは卑怯《ひきょう》な、といった決まり文句が飛ぶことはない。戦国では、逃げるのだって立派な策だ。

暗い道を、ただ駆けた。左近の足音が、後ろに迫る。何かに躓《つまず》きでもしたら、おしまいだ。どこへ向かっているのかも判然としないまま、駆け続けた。待てよ。この先は、川だったんじゃなかったか。

遅かった。思い当たった時、足元の地面が消えた。新九郎の足は宙に踏み出し、拠《よ》り所《どころ》を失った体は、真っ逆さまに水の中へと突っ込んだ。


水はさほど冷たくなかった。だが、暗い。遠くで自分を呼ぶ声がする。志津だろうか。奈津だろうか。二人の顔が、交互に浮かぶ。いや、若い頃の奈津と今の奈津か。今の志津と、十数年先の志津か。どちらでもいい。もう一度、もう一度会って顔が見たい……。

「旦那、旦那、起きて下さい、旦那ってば」

乱暴に揺すぶられ、そうっと目を開けた。明るい。思わず目を瞬く。夜ではない、真っ昼間だ。いったいどうなった。俺は生きてるのか。

「左近は……」

「左近？　左近って誰です」

聞き慣れた声が耳を打った。体を起こし、左右を見渡す。久助の顔が、まず目に入った。

「おう……久助か」

そこで思い出し、はっきり目が覚めた。

「子供は。池に落ちた子供はどうした」

「大丈夫でさぁ。水をだいぶ飲んじまったが、吐き出させましたよ。念のため、さっき医者に運びやした」

「そうか。そいつは良かった」

「いやあ、本当に良かった。さすがは八丁堀の旦那だ」

その声で気が付くと、新九郎は野次馬《やじうま》たちに囲まれていた。今のは野次馬の一人が言ったようだ。それを聞いて、何人かが手を叩いた。

「お役人のおじちゃん、本当にありがとうございました」

七つか八つくらいの子が、体を折って礼を言った。落ちた子と一緒に遊んでいたうちの一人だ。その後ろにいた他の仲間の子も、ありがとうと声を揃えた。おう、と新九郎は手を振って応えた。

「でもおじちゃん、髷《まげ》が……」

子供が済まなそうに言ったので、手を頭に当てた。髷がなくなっている。水中で解けて、ざんばら髪になったようだ。やれやれ、と頭を叩いた。だが、幸いだったことにすぐ気付いた。伏見では、茶筅《ちゃせん》髷に結っていたのだ。そのままで池から出たら、どう思われたことか。

「後でちゃんと結ってもらうから、気にするな」

笑いかけてやると、子供たちも安心したようににっこりした。

「さあ旦那、取り敢えずそこの番屋に行きやしょう。昼間はまだ暑いったって、濡れ鼠じゃどうにも。手拭いと着物は、どっかで借りやすから」

「ああ。その次は、湯屋と髪結いだな」

新九郎は、着物から滴《しずく》を垂らしながらゆっくりと立ち上がった。振り返ると、不忍池の向こうに上野の山と、寛永寺《かんえいじ》の塔の先っぽが見える。伏見の城ではない。帰って来たんだ、とはっきり実感できた。

（どこの神様か知らねえが、まずはありがとうよ）

新九郎は片手を上げると、空に向かって拝んだ。

十三

番屋で濡れた着物を脱ぎ、取り敢えず借りた浴衣を羽織ってから髪結いを呼ばせた。さすがにざんばら髪では、粋な八丁堀同心が台無しだ。格好悪くて表を歩けない。その間に、久助に役宅へ替えの着物を取りに行かせた。

「旦那、どっかで素人に髪を触らせやしたかい」

新九郎の頭をじろじろと見た髪結いが、言った。

「うん？　ああ、ちょっとわけがあってな」

「そうですかい。でも、こいつはどうも感心しねえなあ」

髪結いは髪をつまんで、渋い顔をした。新九郎は苦笑するしかなかった。この髪を茶筅に結ったのは、光運寺の僧だ。剃り上げるのは得意かもしれないが、結う方の腕はもう一つだったようだ。

「できやしたよ」

いつもより少し暇がかかったが、元通りの髷が結い上がった。茶筅にする時にあちこち弄《いじ》り回されたはずだが、ちゃんと直っているのはさすがに玄人《くろうと》だ。

ほっとして代金を払ったところで、久助が替えの着物と羽織を持って来た。早速袖を通し、刀と十手を腰に差す。無事に帰った、という実感がようやく染み渡った。

急ぎ足にやって来る足音が近付き、「ご免下さい」の声と共に障子が開けられた。さっと振り返る。慌てたような、心配するような顔と向き合った。志津であった。

「ああ、びっくりした。不忍池に落ちたと聞いたので。でも、お怪我もなさそうですね。良かった」

志津は胸を撫で下ろす仕草をして、上がり框《かまち》に腰を下ろした。

「池に落ちたぐらいで怪我なんぞしねえさ。慌てなくていいぜ」

はいはい、と志津は微笑む。

「水も滴《したた》るいい男、と言って差し上げちゃどうです」

久助がからかうように言った。それは吉原《よしわら》の女たちが使う言い回しなので、志津は「まあ」と顔を赤らめた。新九郎は久助を睨んでから志津に胸を張って見せた。

「もう乾いちまってらァな。水なんか滴らなくたって、いい男だろうが」

「何をおっしゃるかと思えば」

志津は笑って新九郎の腕を軽く叩いた。

「そうだ、落ちた子供をお助けになったと聞きましたけど」

「ああ、子供の方も無事だった」

ああ良かった、と志津は手を叩く。

「さすがは新九郎様です。でも、無茶はなさらないで下さいね」

「なあに、不忍池は浅いんだ。無茶ってほどのもんじゃねえよ」

島左近に追われて宇治川に飛び込んだ、なんて言ったら、どんな顔をされるだろう。

「ほんとに、お体大事ですから」

志津は少し真顔に戻って、新九郎の顔を見上げた。

「わかってる。志津さんに心配かけるつもりはねえよ」

安心させるように言って、志津の肩に手を伸ばしかけたところで、咳払いが聞こえた。

「ええと旦那、お宅に帰ってからにしてくれやせんかね。俺みてえな独り者にゃ、目の毒で」

「何言ってやがる。見たくなきゃ、引っ込んでろ」

久助は肩を竦め、へいへいと言われた通り奥に消えた。赤くなった志津が、袖を口に当ててくすくすと笑った。それを見て、どきっとする。十七年前の奈津姫と、まさにそっくりだった。頭の中に、抱いてくれと寄り添った奈津の姿が甦り、新九郎は慌てて目を瞬いた。


翌朝、岡っ引きの平吾郎が役宅の縁先に姿を見せた。

「朝からお邪魔しやす。宮永町の殺しのことで」

うん、と新九郎は頷き、こっちへ上がれと手招きした。平吾郎は、失礼しやすと頭を下げて、畳に上がった。

「松葉家《まつばや》と、隠居の勘左衛門について聞き込んで参《めえ》りやした」

「おう、それか」

返事しておいて、懸命に頭を回した。そうだ、殺された常磐津《ときわず》の師匠のお涼に入れあげていたという二人だ。伏見で十日以上を過ごしたので感覚がおかしくなっているが、あれはまだ昨日のことだったのだ。

「で、どうだった」

「へい。松葉家の方は、一昨日の晩はずっと店に居やした。店の者や客、合わせて十人がきっちり見てやすから、まず間違いはありやせん」

また新九郎は記憶を引き出さなくてはならなかった。田渕道謙殺しの始末で頭が一杯だったので、お涼殺しのことは頭の隅っこに追いやられていたのだ。ええと、一昨日の晩か。そうだ、その晩遅くにお涼は殺されたんだった。

「じゃあ、松葉家は関わりなしってことか。勘左衛門の方は」

「こっちはきな臭いですぜ」

平吾郎はニヤリとした。

「一昨日の昼頃なんですがね。勘左衛門はお涼のところに行ってたらしいんですよ」

「昼頃に？」

「へい。近所の者が、言い争うような声を聞いてたんで。何事かって外を見たら、五十前後の男が怒って顔を真っ赤にしながら、お涼の家を出て行くのが見えたそうです」

「ほう。そいつは勘左衛門か」

「まあ、そう見て間違いねえでしょう。面通しすりゃ、わかりまさぁ」

「奴は晩になってもう一度、お涼のところへ行ったのか」

「そこは、はっきりしねえんですがね。何せ隠居の独り者で、晩に家に居たのか出かけたのか、誰も知らねえんです」

何しろ、勘左衛門がお涼に言い寄ってたこと自体、近所の誰も聞いてねえってんですから、と平吾郎は苛ついたように言った。

「しょっぴいて、当人に聞くしかねえでしょう」

まあ待て、と新九郎は制した。

「するってえと、こうか。勘左衛門は昼間に、お涼と言い争いになった。一旦帰ったが、腹が収まらず夜にもう一度行った。そこで口論を蒸し返したが、怒り心《しん》頭《とう》、はずみで殺しちまった。そう見るんだな」

おっしゃる通りで、と平吾郎は認めた。確かに、最も得心できる見方だ。隣は留守だったというし、もう秋口に差しかかって陽が落ちてからは薄寒いので、夜はどこもしっかり戸締りをしている。昼間と違って近所に口論が聞こえなかったとしても、おかしくはない。

「勘左衛門の隠居前の仕事は何だった。職人とか聞いたと思うが」

「指物師《さしもの》でさぁ。腕が良くて結構な羽振りだったんですがね。なんでだかわからねえが、急に隠居しちまって」

だから金も精の方もたっぷり、と平吾郎はニヤニヤした。

「わかった。勘左衛門の住まいは谷中だったな。どういう奴か、近所に充分聞き込んどけ。昔の仕事仲間や跡継ぎにもな。それから、谷中から宮永町までの道筋で、夜に勘左衛門らしいのを見た者がいないか捜してみろ」

平吾郎は、合点ですとすぐに立ち上がった。

その日は何も出なかったが、次の日の八ツ（午後二時）過ぎ、根津権現近くの番屋に立ち寄ると、平吾郎が待ち構えていた。意気揚々としているので、何か摑めたようだ。

「旦那、当たりですよ」

平吾郎は得意げに言った。

「殺しのあった晩の五ツ半（午後九時）頃、善光寺《ぜんこうじ》坂を上がったところで、夜回りがえらい勢いで坂を駆け上がって来た奴とぶつかりそうになった、ってんです。

提灯を落としかけて腹が立ったんで、何やってんだと怒鳴ったら、一度振り向いたがそのまま駆けてったそうで」

善光寺坂は藍染川《あいぞめがわ》に沿った根津の谷筋から谷中へ上がる坂道で、宮永町のお涼の家から勘左衛門の家に行く道筋に当たる。

「提灯を持ってたなら、そいつの顔は見えたのか」

「はっきり、とまでは言いやせんでしたが、白髪交じりの五十かそこらの男で、背格好もだいたい勘左衛門と同じです」

決まりだな、と新九郎は思った。口論の揚句《あげく》お涼を殺してしまった勘左衛門は、仕出かしたことに恐れおののいて、大慌てで家に逃げ帰った。その途中で夜回りにぶつかったわけだ。勘左衛門の人となりは他の連中がまだ聞き込んでますが、と平吾郎は言ったが、それは急がずともいいだろう。

よし、勘左衛門をしょっぴけ、と言いかけて、新九郎はふと考えた。この構図、何だか似てねえか。

「旦那、勘左衛門をしょっぴきますかい」

急に考え込んだ新九郎に、催促するように平吾郎が言った。いや、と新九郎は平吾郎を止めた。

「ちょっと待て。その前に確かめたいことがある」

それから四日後。新九郎は大番屋に居た。呼び出した男が来るのを待っていたのだ。新九郎は、今日ここでお涼殺しを決着させるつもりだった。平吾郎ら岡っ引きに聞き回らせたおかげで、あらかたのことはわかっている。後はそれを相手にぶつけるだけだった。

（この前と同じだが、今日は治部少輔も右衛門尉もいねえから、気が楽だぜ）

そんなことを思って一人笑いすると、「お連れしやした」と襖の向こうから平吾郎の声がした。

「おう、入れ」

襖が開き、平吾郎に促された木島屋弥吉郎が座敷に入って、新九郎の前に座った。

「お呼びとのことでございますが、どのようなお話でしょう」

木島屋は、ちょっと落ち着かない様子で、目をしきりにあちこち動かしていた。

「もちろんお涼殺しのことだ。この前、後でまた詳しく聞くって言ったろ」

ああ、確かに左様でございましたと、木島屋は硬い笑みを返した。

「どのようなことでございましょうか」

「うん。お涼のところへ常磐津を習いに行ってたのは、お前さんを入れて何人か知ってるか」

「ええ、はい、確か十一人ほどで」

「そうだな。で、その中からお前さんは、お涼に入れあげてたと松葉家と勘左衛門を名指ししたよな。どうしてだい」

え、と木島屋は惑い顔になった。

「どうして、と……そのように小耳に挟んでおりましたので」

「誰から聞いたんだ」

「誰からと申しますか、噂が流れていたもので」

「そいつは変だなあ」

新九郎は、わざとらしく首を傾げて見せた。

「そこの平吾郎たちにあちこち聞き回らせたんだが、お前さんの言うような噂は、さっぱり拾えなかった」

木島屋の顔が強張った。

「それは……」

「まあ聞きねえ。松葉家についちゃ、わからなくもない。あいつは、お涼に粉をかけてるって、自分で吹聴《ふいちょう》してたそうだからな。だが、お涼には軽くあしらわれて、入れあげるようなところまで行ってねえ。要するに、見栄《みえ》を張ってたわけだ。寧ろ本当に入れあげてたのは、勘左衛門の方だ」

ああ、そうでしたかと木島屋は額に手をやった。

「私はてっきり……」

「いや、ところがだ。勘左衛門は松葉屋と違って、そのことを誰にも話さなかった。無論お涼の方から触れ回ることはねえから、噂にも何にもなってねえのさ」

木島屋の顔から、赤みが引き始めた。

「あの日の昼、勘左衛門はお涼の家で口論になった。それは近所の連中が聞いてるが、どうして口論になったと思う」

「さあ、それは……」

「お前のことだよ。勘左衛門はお涼がお前にも色目を使って金を出させていることに気が付いたんだ。お前は気付かなかったろうが、お前とお涼がしっぽりやってるところを、覗き見られちまったのさ。それは勘左衛門から聞いて、裏も取れてる」

木島屋の顔が、さらに青くなった。ここぞと新九郎は続ける。

「お涼は二股かけてた。いや実は三股だったんだが、まあそれはいいや。とにかくお涼は、三股の相手が互いに気付かないよう、気を配ってたんだ。たっぷり金を貢《みつ》がせるためにな。ひでえ女じゃねえか」

新九郎は木島屋の顔を覗き込んだ。木島屋は目を下に向けたまま、歯を食いしばっている。今さらながら、お涼の本性に気付けなかったことを悔やんでいるのか。

「だからお前さんが、勘左衛門とお涼のことを知ってたはずはねえ。知ってたら、とうに揉め事になってるだろうさ。お前さんは、お涼が殺されたあの晩、初めて勘左衛門のことを知ったんだ」

「あ、あの晩って……」

木島屋は震え声になった。

「それじゃ、まるで私が殺したと……」

「ああ、そうとも。お前がお涼を殺したのさ」

「勘左衛門の言い分は、こうだ。昼間喧嘩別れしたんで、何とか宥《なだ》めて他の男と手を切らせることができないかと考え、夜遅くにお涼の家に行ってみた。表は閉まってたが、戸を叩いて呼ばわると門前払いになると思って、裏に回った。すると、裏木戸が一度開きかけ、すぐ閉まるのが見えた。月明かりがあったとはいえ、さすがに暗くてわからなかったが、勘左衛門はお涼が何かの用で裏木戸を出ようとしたものの、自分の姿を見て引っ込んだと思ったんだ。で、裏木戸に駆け寄って見ると門は掛かってねえ。そこでそっと入り、小声でお涼に呼びかけた。昼間は言い過ぎた、改めて話し合おうってな。だが返事がない。そこで半開きの雨戸から中に入ってみると、お涼は殺されてた。びっくり仰天、すぐ逃げ出したってわけだ」

新九郎は一気に喋って、木島屋を睨んだ。木島屋は手まで震え始めている。

「し、しかしそれなら、勘左衛門さんが殺したのでは」

「勘左衛門が何で五十前に急に隠居したか、知ってるかい」

え、と木島屋は困惑の表情になる。

「いえ……存じませんが」

「あいつ、左手を悪くしたのさ。自分のしくじりでな。腕自慢の職人としちゃ、恥になるようなしくじりだそうだ。なので、周りにそのことは黙ってた。跡継ぎから聞き出したんだ」

　木島屋はその意味を解し、再び蒼白になった。新九郎は薄笑いを浮かべる。

「わかったろ。勘左衛門の手じゃあ、お涼を絞め殺すことはできねえのさ」

「し、しかし、だから私が殺したと言うのは……」

「お前、あの晩はどこに居た」

「ゆ、湯島天神下の湘月《しょうげつ》という料理屋です。同業の方々と宴席を」

「ああ、それはわかってる。だが、お前が湘月を出たのは五ツ（午後八時）前。店に帰ったのは、番頭に聞いたら木戸が閉まる四ツ（午後十時）だったそうじゃねえか。湯島天神から本郷四丁目まで、一刻余りもかかるわけがねえ。一方、宮永町へは四半刻で行けるよな」

　反論はなかった。潮時だ、と新九郎は思った。

「お涼は隠しとおせると思ったようだが、お前は他に男がいることに薄々勘付いたんだな。それであの晩、お涼の家を不意打ちした。その場に勘左衛門も他の男もいなかったが、昼間、勘左衛門と口論したことで気が立っていたお涼は、真っ向から食ってかかったんだろう。しかしお前としちゃ、大騒ぎを起こして近所中が集まるのは願い下げだ。そこで頭に血が上り、おとなしくさせようと首を絞めた。だが、力が入り過ぎ、お涼が死んじまった。お前は裏から逃げようとしたが、たまたま勘左衛門がやって来たんで、逃げられずに木戸の脇の植え込みに隠れた。ところが、入ってきた勘左衛門の言いようを聞くと、あいつにもお涼を殺すだけの理由がある。お前にとっちゃ好都合だ。お前は勘左衛門の後から裏木戸を抜け出し、次の朝何食わぬ顔でやって来て死骸を見つけ、俺たちに勘左衛門のことを吹き込んだってわけさ」

「い、いえ、私はそんな」

「いいか木島屋。お涼を殺したくなる理由があって、殺しのあった頃の居場所がはっきりしなくて、勘左衛門がお涼の情夫《いろ》の一人だと知ってたのに、左手のことは知らなかった。全部に当てはまる奴は、お前しかいねえんだよ」

湯上谷左馬介が勘左衛門、尾野忠兵衛が木島屋。道謙の屋敷で起きたことをなぞってるような話だぜ、と新九郎は胸の内で呟いた。まさかこれも、天の神様の悪戯じゃあるめえな。

木島屋は、何か言い返そうとして口を動かした。が、そこから言葉は出て来なかった。新九郎は駄目を押すように言った。

「お涼に今まで幾ら、貢いでたんだい」

木島屋が、はっと顔を引きつらせた。そして、がっくり肩を落とした。

「五十両でございます……」

「そうか。女に貢ぐにゃ、ちっと多いな。手玉に取られてたとわかりゃ、腹の虫が治まるめえ。文句の一つも言いたくなるわな。五十両返せとでも言ったか」

しばし、木島屋は黙っていた。やがて、ぽつりと言った。

「そう言ったら、女房や店の者に全部ばらす、と」

「お前さん、入り婿か」

「……はい」

「別嬪《べっぴん》の師匠に鼻の下を伸ばすくらいはともかく、五十両騙し取られてたんじゃあ、無事には済まねえか」

木島屋は、大きな溜息をついた。何を言う気力もなくしたかのようだ。幕引きに、新九郎は十手を出して木島屋に向けた。

「お涼を手に掛けたこと、認めるな」

「恐れ入りましてございます」

木島屋は、崩れるように両手をついた。

「また、お手柄を立てられたそうですね」

志津が嬉しそうに言うので、照れ臭くなった新九郎は、「まあ、思ったよりうまく行った」とできるだけ軽く言った。

「でも、父が申しておりました。並の同心なら勘左衛門という人をお縄にして終わらせるところを、ちゃんと裏まで読んでいたのは大したものだ、って」

「お父上が。それは恐悦至極だな」

ちょっと前に石田三成の前で同じようなことをやったので、などと正直に言ったら、頭がどうかしたかと思われるだろう。

「まあ、勘左衛門をしょっぴいてたとしても、左手が悪いんだから、下手人じゃねえってことは誰にだってすぐわかったろうけどな」

そうでしょうか、と志津は小首を傾げたが、謙遜でしょうと笑った。それ以上細かく言っても仕方がないので、取り敢えず笑い返しておく。

「ああ、もう四ツ(午前十時)か。そろそろ行こう、志津さん」

新九郎は一服していた神田川を前にする茶店の長床几《ながしょうぎ》から、立ち上がった。

今日は志津と二人で、媒酌人のような形になった志津の伯父、上谷《かみや》畿兵衛《きへえ》の市谷《いちがや》の家にご機嫌伺いの挨拶に行くところである。

「もう祝言まで二月とありませんのに、さん付けはおやめ下さいまし」

「うん？　あ、そ、そうか」

まだ呼び捨てにするのは照れてしまう。新九郎は曖昧に返事して、川沿いの道を歩き出した。志津は武家の妻女らしく、一歩下がってついてくる。穏やかな陽光が降り注ぐ、秋晴れの日であった。


上谷畿兵衛は、満面の笑みで二人を迎えた。

「おお、よう来られた。また一つ大きな手柄を立てられた由、祝言前にめでたきことじゃ」

今年五十七になる畿兵衛は、白髪頭を振って手放しで喜んでいる。新九郎と志津を娶《めあわ》せたのは自分と思っているから、無理もない。二百年前からの縁があったのだ、などとは考えてもいまい。

「新右衛門《しんえもん》も変わらず息災《そくさい》かな」

手土産の菓子折りを差し出すと、礼を言ってから畿兵衛は新九郎の父の様子を尋ねた。畿兵衛の二歳下のはとこである新右衛門は、向島《むこうじま》で悠々と隠居暮らしを楽しんでおり、至って元気である。変わりないと告げると、暇ならたまには顔を見せるよう言っておいてくれ、と畿兵衛は笑った。

志津を交え、しばし世間話をした後、畿兵衛が言った。

「ところで、また古文書《こもんじょ》を見て行くか」

「はい。是非お願いします」

畿兵衛が忽《たちま》ち相好《そうごう》を崩した。代々受け継がれた大量の文書が、自慢なのだ。

よしよし、と早速座を立って隣の部屋に入る。倅《せがれ》の嫁が呆れたように言うのが聞こえた。

「この辺りを気に入っておるのだったな」

何冊も重ねて持って来たのは、戦国から徳川の世になる頃の記録である。後についで出てきた倅の嫁が、「御迷惑でなければいいんですけど」と眉を下げた。

「いやいや、こちらも好きでお願いしていますので」

新九郎が言うと、愛想と思ったのか嫁は済まなそうに笑って奥に引っ込んだ。広い家ではないので、そちらからは子供たちの賑やかな声がよく聞こえる。

「ではその……そうですな、文禄から慶長の頃と申しますと」

「ははあ。鶴岡家が改易になって、我が先祖が宇喜多に仕官した頃か。うむ、あの頃が一番面白い」

畿兵衛は本の山から一冊を引っ張り出し、ほれ、と手渡した。両手で恭《うやうや》しく受け取り、紙をめくり始める。

青野城から帰って、父の親族であるこの上谷畿兵衛の古文書を読ませてもらい、畿兵衛が奈津と湯上谷左馬介の直系であることを知った時は、心底驚いた。それは同時に、新九郎もその子孫であることを意味したので、自分が二百年前に飛んだことの意味をようやく解したのである。そしてその場で、志津とも出会ったのだ。まったく、この俺を飛ばした神様というのは粋なことをするものだ。

新九郎は紙を繰る手を止めた。左馬介の名が出てきた。詳しく読み進めると、鶴岡家が改易になるくだりになった。前にも読んでいるが、一字一句漏らさぬよう、目を皿にする。

はっと目を留めた。


《其の折左馬介儀、謂《いわ》れなき咎により召し捕らわるるも、石田治部少輔が裁きによりて……》

まさしく今度の田渕道謙の一件だ。だが、前に読んだ時、こんな記述には気が付かなかった。それを確かめるために今日、ここに来てみたのだが……。

「どうかしたか。何か新しいことを見つけたか」

皺兵衛が新九郎の顔つきを見て、期待するように本を覗き込んだ。

「ああ、いえ」

急いでかぶりを振る。

「前に見落としていたものに気付き、これは面白いと」

新九郎はその箇所を示した。皺兵衛がなるほどと頷く。

「我が先祖の湯上谷左馬介が、何かの疑いを掛けられて捕らわれた、という話じゃな。だが石田三成の裁きで無罪放免となった。あの三成と関わりがあったとは、誠に面白きこと。ここから宇喜多家に行き、関ヶ原に出陣した後、徳川の家臣となるまでは、まさに波瀾万丈《はらんばんじょう》じゃ。あの時分に生きておれば、儂らとて働きによれば二、三千石は得られたかもしれんの」

皺兵衛はそんなことを言って、呵々《かか》と笑った。俺と同じことを考えてるな、と新九郎は内心でニヤリとする。

しかし、と新九郎は本に目を戻して思う。左馬介は三成の手で放免されたとあるだけで、新九郎の名はどこにも出て来ない。そもそもこれは、誰が書いたんだろう。左馬介自身か。左馬介からの聞き書きで、後々に書かれたのか。

新九郎は考えた。俺はあの時、江戸の大納言つまり神君家康公の送り込んだ間者だと思われていた。誰が書いたにせよ、徳川の間者が動いた、という記述が残るのは、都合が悪いと配慮されたのかもしれない。それにしても、こんなことが書かれているのを見落としていたとは、どうも解《げ》せないが……。

そこで、あっと思った。これはもしや、俺が働いたことでこの記録も変わったのではないか。しかし前のままの記録でも、左馬介はちゃんと生き延びていた。とすると、どこかで歯車が狂いかけたのを、俺を動かすことで直した、ということなんだろうか。だとしたら、何とまあ人使いの荒い神様だ。

「ずいぶんと熱心になっておるのう」

古文書を穴が空《あ》くほど見つめていた新九郎に、畿兵衛が声をかけた。何だか嬉しそうだ。

「そうまで興味を持ってもらえれば、先祖も喜んでおろう」

ああ、はい、そうですなと新九郎は頭を掻いた。そりゃあ、先祖は喜んでいるさ。全く別の意味で、だが。

「本当に伯父様と新九郎様は、気が合うのですねえ」

二人の様子を見ていた志津が、楽しそうに笑った。

幕　指月《しげつ》伏見城

その広々とした座敷は、ごく近しい客を迎えるために設えられていた。梁《はり》や柱には選《え》りすぐりの材が用いられ、襖絵には金箔がふんだんに使われている。畳の縁にも、当然のように金糸が織り込まれていた。内向きの座敷でこれなのだから、外様《とざま》の者たちを謁見《えつけん》する広間は、さらに贅《ぜい》が凝らされている。金銀を惜しまず見せつけることが、自らの威を示し、相手を萎縮させるのだと太閤は信じているようだ。

（しかし、屋根瓦まで全て金箔張りとはな）

そこに座した宇喜多秀家は、幾らかの揶揄《やゆ》をこめて思った。太閤の住まい、というだけでなく、明国の使節を迎えて度肝を抜くことを狙った城だ。その意味では理に適っていると言え、あの天界の城の如きと言われた聚楽第にも匹敵する豪華さだった。現に聚楽第で使われていた材の一部が、そのまま流用されてもいる。

それにしても、と秀家は思った。関白があのようになってから、まるで癇癪《かんしゃく》でも起こしたように聚楽第を破却してしまったのは、やり過ぎではなかったか。

「お成りにございます」

小姓が声をかけ、秀家は平伏した。襖が開く気配と、足音。

「苦しゅうない。面を上げよ」

太閤秀吉の声が降って来た。秀家は、そうっと体を起こす。

「ご尊顔を拝し奉り、恐悦至極に存じまする」

うむ、と秀吉は鷹揚に頷くと、小姓たちに「皆、下がれ」と命じた。小姓たちはさっと一礼し、あっという間に姿を消した。

二人だけになると、秀吉は前に進んで、秀家の目の前にどっかと胡坐《あぐら》をかいた。

「八郎《はちろう》よ、今日はあのことの礼か」

皺だらけの顔に屈託《くったく》のない笑みを浮かべ、ごく気軽な調子で秀吉が秀家を幼名で呼んだ。あのこと、とは無論、鶴岡式部から召し上げた青野の領地を、宇喜多家に下げ渡した件だ。

「は、左様で。望み通りの御沙汰をいただき、誠に有難く存じまする」

秀家は肩の力を抜いたが、丁重に述べた。秀吉は近しい者の間ではごく気さくな態度を取る。秀家は秀吉の猶子《ゆうし》で、妻の豪姫《ごうひめ》は前田家の出で秀吉の養女だ。豊臣家の一門衆であり、秀吉には大層気に入られていることも自身で承知している。

（だからと言って、調子に乗るわけにはいかぬ）

秀家は常々、自制するようにしていた。寵愛《ちようあい》をいいことに思い上がり、秀吉の機嫌を損じればどうなるか。或いは秀吉の都合で邪魔になれば、どうなるか。自ら一度は後継を託したはずの関白秀次の末路は、悲惨なものだった。いつ何時も、気を抜いてはならないのだ。

「まあ、鶴岡式部の領地については、初めからそなたに任すつもりであったからの」

秀吉は、首筋を揉みながら言った。

「恐れ入ります」

「そこへ欲に駆られた有象無象《うぞうむぞう》が、治部や右衛門尉のところに売り込みをかけおった。分相応《ぶんそうおう》ということを、知らぬ輩よ」

「それにつきましては、聞いております。何やら良からぬ企みまでした者が、治部殿の働きで罰せられたとか」

「左様。鶴岡領の処分については、治部にうまく捌《さば》くよう申し付けてあったが、巧みに片付けたようじゃの」

　秀吉は満足そうに笑う。

「尾野某と申したか。小賢《こざか》しい奴じゃ。そういう要らぬことをする者に限って、自分で墓穴を掘る。ようしたものじゃのう」

　秀吉はまた笑った。が、秀家はその目が笑っていないような気がして、うすら寒く思った。お前もせいぜい気を付けろ、と言われたような気がしたのだ。

（殿下は、知っているのかもしれんな）

　秀家は思った。秀家と家中の重臣たちの仲は、万事上々とは言えなかった。豪姫に従って前田家から来た家臣と、代々の重臣との間に溝があることは、秀家も承知している。また、秀家が太閤に倣って贅沢《ぜいたく》に走り、そのために領民への税が重くなっていることにも不満が出ているようだ。

（まったく、人の気も知らず）

　贅を好むのは、太閤の趣味に合わせ、寵愛を失わぬよう気遣っているからではないか。自身が全く楽しんでいない、とは言わないが、そのぐらいは慮《おもんぱか》ってやり繰りするのが、家臣の務めであるはずだ。だが太閤は、そうした家臣どもから足をすくわれぬようにせよ、と言外に告げたのではなかろうか。

「上郡とか申す家臣が、何やら動いておったようじゃの」

ぎくりとした。額に汗が滲んだ気がした。

「は、それは……」

「わかっておる。案ずるな」

秀吉は安心させるように軽く笑いかける。

「式部の領地など、軽輩が口を挟む話でもなかろうに。功を焦ったか要らぬことをする。おかげで田渕道謙の一件がややこしくなるところであった」

秀家は恐縮して平伏するしかなかった。実は上郡に命じ、道謙や治部に探りを入れさせたのは自分だ。だが功を焦った上郡が賂を使おうとするなど、余計なことをしたのも事実だ。家中の勢力争いで上に出たかったのだろうが、太閤はそれすらお見通しであったか。

「申し訳ございませぬ。きつく叱っておきます故」

「まあ、荒立てんで良い。家臣の小賢しさに気を付ければよいだけのこと」

秀吉は揶揄するような目をした。秀家の胃が、じわりと痛んだ。

「鶴岡式部も、小賢しい男じゃ」

秀吉が話の向きを変えた。

「八郎は、式部が儂の播磨攻めの時に降《くだ》った話を、知っておるか」

「は、まあ薄々ではありますが」

「あの式部め、こちらの調略《ちょうりゃく》に乗ったはいいが、家臣たちまで欺《あざむ》いて自分が一番うまく立ち回ろうとした。ああいう男は、先々で害になるかもしれぬ、と竹中半兵衛《なかはんべえ》も死ぬ前に言うておったわ」

いかにも、と秀家は頷いて見せる。

「此度は前関白の謀反に加担したとのこと、半兵衛殿の目は確かだったわけですな」

「謀反か」

秀吉は、妙な薄笑いを浮かべた。

「そなた、本当に鶴岡式部が謀反を企んだと思うか」

えっ、と秀家は目を見開いた。

「どういうことでございましょうか」

「式部が好むのは、小細工じゃ。謀反などという大技は、あの男には荷が重すぎる」

「しかし……治部殿らからは……」

「あれはな、治部にそう命じたからじゃ」

何だと、と秀家は唖然とした。治部少輔は、太閤の指図で鶴岡式部に謀反に加担した疑いをかけたのか。では、田渕道謙らから出ていたという書状は……。

「式部の行状《ぎょうじょう》を述べたてた書状は、式部と懇意だった者を幾人か選んで、治部が作らせたのじゃ。ただし道謙のような堅物《かたぶつ》もおるから、そこは加減してな」

「つまりその、筋書きに沿って動いていた、ということですか」

「簡単に言えば、そういうことじゃ」

秀吉は、当然のように言った。

「では、謀反の疑いにも拘わらず鶴岡式部が斬首にならなかったのも、筋書きでございますか」

「ああ、それはな」

秀吉は、髭を撫でながらニヤリとした。

「式部のような小賢しき男は、まだ使い道があるやもしれぬ。だから高野山へ追いやるにとどめておいた。殺すのは、いつでもできるからの」

だから治部にも、その辺の匙《さじ》加減はそつなくやるよう命じておいた、と秀吉は言う。

秀家はぞくりとした。使い道がないとはっきりすれば、躊躇《ためら》いなく始末するということか。太閤にとっては大名といえど、茶道具を扱うのと同じだ。いや、それよりずっと低い扱いかもしれない。

「それに、三条河原のことではいささか評判を落としてしもうたからの」

秀吉は苦笑のようなものを見せた。秀家は、さらに寒気を覚えた。あれほど残虐な刑を執り行っておいて、後悔は評判が落ちた、というだけか。それで式部一族の斬首を避けた、というのなら、人の命とは何と軽いものだろうか。

「しかしその……領地をいただいておいて何ですが、使い道があるとの思し召しであれば、そのまま式部を使うていてもよろしかったのでは」

「そうはいかぬ」

秀吉は冷たく言った。

「多少なりとも力を持たせたままであれば、お拾いにとって禍《わざわい》になるやもしれぬからな」

「お拾い様に……」

秀家は口籠った。お拾い様とは、数え三つになる秀吉の実子だ。四年前に実子鶴松君《つるまつ》を亡くしてから、齢五十七にして再び授かった男子である。その喜びは大きく、目の中に入れても痛くないとはこのことか、と思わせる溺愛《できあい》ぶりであった。そのため生母の淀《よど》の方《かた》の奥向きでの力も、日増しに強まっていると聞く。

「そうじゃ。特に式部のような小細工好きの者は、徳川大納言などに狙われやすい。そう思わぬか」

「は……誠にごもっとも」

秀家としては、そう言うしかなかった。今や日の本で太閤に弓矢を向ける者は、誰一人いない。だがその中で唯一、豊臣家の天下を揺るがす者があるとすれば、徳川大納言を置いて他にない。口にはし辛いが、衆目《しゅうもく》の一致するところではあった。

「お拾いが無事、この天下を継ぐ日が来るまで、決して禍を近付けてはならぬのじゃ。害になりそうな者は、全て遠ざけておかねばならぬ。それでこそ豊臣の世は盤石《ばんじゃく》となる」

秀吉は浮かべていた笑みを消し、秀家をじっと見た。お前もだぞ、と言われている気がして、秀家の背筋はまた冷え始めた。

(全ては、お拾い様のためか)

誰も口にしないが、太閤の周りの者たちは皆、知っている。関白秀次は、お拾い様の跡目《あとめ》が脅《おびや》かされぬよう、罪を被せられて葬り去られたのだ、と。鶴岡式部は、小者であった分、運が良かったのかもしれない。

秀家は、そっと秀吉の顔を窺った。お拾い様のことを考えているのだろうか。目が遠くを見ているかのようだ。

(老いたな)

秀家は思った。皺はますます深く、白髪は薄くなり、頰には染みが目立ってきている。頂点を極めて以後、これまでの労苦が体に現れてきたかのようだ。

(お拾い様だけではない。朝鮮のこともある)

来年迎える明国の使節との交渉が、うまく行かなければどうなるか。侮られた、と太閤が感じれば、そのまま済むはずがない。再び戦となるは必定《ひつじょう》。また大変な出費を覚悟せねばならなくなる。

老いの妄執《もうしゅう》、という言葉が頭に浮かんだ。お拾い様と、朝鮮の戦役。太閤はいずれも、一切譲ろうとはすまい。このままでいいのか、と秀家は思った。そのどちらか、或いは両方が、豊臣の天下を崩してしまうのではないか。そんな暗い予感が、じわりと胸に湧いて来た。

秀家は目を上げ、豪奢《ごうしゃ》な座敷を改めて眺めた。今の暗い予感のせいか、きらびやかな金箔が妙に色褪《あ》せて見える。

（鼠色がかっている。この城も、太閤も）

そんな不遜《ふそん》とも言える思いが、秀家の気分を次第に重くしていった。秀吉は秀家の胸の内など知る由もなく、目を細めて「のう、お拾いよ」と呟いている。

光文社文庫

文庫書下ろし／長編歴史時代小説

岩《いわ》鼠《ねずみ》の城《しろ》　定《じょう》廻《まわ》り同心《どうしん》新《しん》九《く》郎《ろう》、時《とき》を超《こ》える

著　者　山《やま》本《もと》巧《こう》次《じ》

2023年10月20日　初版1刷発行

発行者　三　宅　貴　久
印　刷　萩　原　印　刷
製　本　フォーネット社

発行所　株式会社　光　文　社
〒112-8011　東京都文京区音羽1-16-6
電話（03）5395-8147　編　集　部
8116　書籍販売部
8125　業　務　部

落丁本・乱丁本は業務部にご連絡くだされば、お取替えいたします。
ISBN978-4-334-10083-4　Printed in Japan

組版　萩原印刷

光文社時代小説文庫　好評既刊

決闘柳橋　稲葉稔
本所騒乱　稲葉稔
紅川疾走　稲葉稔
浜町堀異変　稲葉稔
死闘向島　稲葉稔
どんど橋　稲葉稔
みれんの堀　稲葉稔
別れの川　稲葉稔
橋場之渡　稲葉稔
油堀の女　稲葉稔
涙の万年橋　稲葉稔
爺子河岸　稲葉稔
永代橋の乱　稲葉稔
男泣き川　稲葉稔
隠密船頭　稲葉稔
七人の刺客　稲葉稔
謹慎　稲葉稔

激闘　稲葉稔
一撃　稲葉稔
男気　稲葉稔
追慕　稲葉稔
金蔵破り　稲葉稔
神隠し　稲葉稔
獄門待ち　稲葉稔
裏店とんぼ　決定版　稲葉稔
糸切れ凧　決定版　稲葉稔
うろこ雲　決定版　稲葉稔
うらぶれ侍　決定版　稲葉稔
兄妹氷雨　決定版　稲葉稔
迷い鳥　決定版　稲葉稔
おしどり夫婦　決定版　稲葉稔
恋わずらい　決定版　稲葉稔
江戸橋慕情　決定版　稲葉稔
親子の絆　決定版　稲葉稔

光文社時代小説文庫　好評既刊

破斬 決定版　上田秀人
熾火 決定版　上田秀人
秋霜の撃 決定版　上田秀人
相剋の渦 決定版　上田秀人
地の業火 決定版　上田秀人
暁光の断 決定版　上田秀人
遺恨の譜 決定版　上田秀人
流転の果て 決定版　上田秀人
惣目付臨検仕る 抵抗　上田秀人
術策　上田秀人
開戦　上田秀人
内憂　上田秀人
霹靂　上田秀人
幻影の天守閣 新装版　上田秀人
夢幻の天守閣　上田秀人
鳳雛の夢（上・中・下）　上田秀人
本懐　上田秀人

傾城 徳川家康　大塚卓嗣
半七捕物帳（全六巻） 新装版　岡本綺堂
中国怪奇小説集 新装版　岡本綺堂
江戸情話集 新装版　岡本綺堂
狐武者　岡本綺堂
西郷星　岡本綺堂
修禅寺物語 新装増補版　岡本綺堂
若鷹武芸帖　岡本さとる
鎖鎌秘話　岡本さとる
姫の一分　岡本さとる
父の海　岡本さとる
二刀を継ぐ者　岡本さとる
黄昏の決闘　岡本さとる
鉄の絆　岡本さとる
相弟子　岡本さとる
五番勝負　岡本さとる
果し合い　岡本さとる